鲸歌

我们拥有同样的音频和心跳

中国
2017年度
诗歌精选

梁平 —— 主编

四川人民出版社

图书在版编目（CIP）数据

中国2017年度诗歌精选/梁平主编. —成都：四川人民出版社，2018. 10
ISBN 978－7－220－10949－2

Ⅰ. ①中… Ⅱ. ①梁… Ⅲ. ①诗集－中国－当代 Ⅳ. ①I227

中国版本图书馆CIP数据核字（2018）第193267号

ZHONGGUO 2 0 1 7 NIANDUSHIGEJINGXUAN

中国2017年度诗歌精选

梁　平　主编

责任编辑	张　丹
封面设计	张　妮
版式设计	戴雨虹
责任校对	韩　华
责任印制	祝　健
出版发行	四川人民出版社（成都槐树街2号）
网　址	http：//www. scpph. com
E-mail	scrmcbs@ sina. com
新浪微博	@ 四川人民出版社
微信公众号	四川人民出版社
发行部业务电话	（028）86259624　86259453
防盗版举报电话	（028）86259624
照　排	四川胜翔数码印务设计有限公司
印　刷	四川机投印务有限公司
成品尺寸	160mm×230mm
印　张	14. 75
字　数	180千
版　次	2018年10月第1版
印　次	2018年10月第1次印刷
书　号	ISBN 978－7－220－10949－2
定　价	35. 00元

屋顶上的猫

阿　垅

应该最早出现在这个早晨。

她移来一片云，伸展一下睡醒的腰

学着我的样子，下床洗脸。

像暗影里反着光线的柔软瓷片，

含着易碎干净的声音。

不可否认：

在古代，你是某种不祥的预兆。

在丝线的花边，你是一针针展开的刺绣。

在少女的卧房，你是无话不说的闺蜜。

在美人无骨的膝头，你是类似于男人的鼾声。

而作为跃上屋顶的猫，躲过了邻居的谩骂

在慵懒的阳光里走出一条直线，

带动出颇有风情的雨水，也是属于

夜晚的一部分。

一树含苞欲放的樱花高过屋顶。

接二连三的猫叫声，软得像一团白棉

蓬松着身上的月光，

那可是离春天最近的地方？

（原载《文学港》2017 年第 5 期）

信

阿　信

在海南陵水的这几日，我没有
想起你。你和你妹妹在一起，
在兴隆山滑雪营地。

一下午，我在植物园
认识了可可、无花果、见血封喉……
那只叶片一样紧贴树干的昆虫：龙眼鸡。

又一个下午，和臧棣、西娃、郑文秀
登上南湾猴岛。看见猴子在水里游泳，
西娃忍不住惊叫："哎呀!"

吃着海鲜。喝了
不多点酒。
海风真好。

我们熟悉的番茄、黄瓜、尖椒和空心菜，
在陵水设施农业基地的大棚里，以一种
不可思议的速度在生长。

我没有想起你。没顾上细察

贝壳、螺蛳和停靠在海湾里的船。

日子犹如鞋袜，塞满细沙，又近乎虚度。

第三日，分界洲岛，遇雨。

半山亭中，与元胜、潘维分吃完一只椰子。

晚上睡眠充分，几乎没有做梦。

我发现：我们之间

除了爱、怨恨，

似乎还有友谊，短时间的分开和忘却。

当我在满屋月光和椰树婆娑的影子中醒来，

我突然意识到，我比任何时候

都需要你。

（原载《草堂》2017 年 7 月总第 11 卷）

江水缓慢

艾　川

比一只船衰老的速度还要缓慢

这些年江水并未离开码头，岸也没有

江边一只白鹭，它的双腿

依旧插在自身的孤独里

家园如一页页插图，被风掀着

一茬又一茬的人世。炊烟也缓慢

这些年，它并未离开土坯房子、烟囱和灶台

也未离开。老槐树站在自己的浓荫里开花结果

世间万物相互厮守，草木与尘埃，鲜花与庭院

那个在江边打水的老女人，忽然看见自己年少时的容颜

惊喜的泪水滚入茫茫江中，远方

一艘似曾相识的船，慢慢驶向天边

我站在对岸的码头上，满腹心事

压迫着青山绿水。以一只鹭鸟的角度

观看大江之水：一些鱼跳出水面又迅速潜回水中

一些涟漪散开，又合拢

一个夜晚和它来临之前

安 闯

从昨天傍晚的湖面，
到今天傍晚的湖面，你所途经的
不只是沿岸的边缘。
从天黑之前缓缓消融的黄昏下黛色，
到黎明，你所途经的是睡眠的
自转，或者失眠。
水面深处掩藏楼房灯光，一些泡沫
一些涟漪，短途中已经无所途经。
一条鱼途经于河水密集的捕捞。
从一个年轻的公园，到一个年老的
公园，青年人中年人老年人
彼此途经。往前十步，退后十年
二十年，一些童声揭示了他们的童年，
儿童们摇晃了今日的珊阑。
从夜市下无所意义的拥挤般热闹，
到那些被你铭记的菜肴形成
之前的形状，体重一如负重
途经于生命之手那无端选择。
从一张脸，到一个遥远的平面

到一处漫长的地址

到一种失去自身的空间

你已经顾不得思索，

当零钱被找上，岁月在纸币中

途经的，宛然已被凝固。

也许如那，人民币背面的远处山水。

（原载《诗潮》2017 年第 12 期）

所有的港口

安海茵

如果我一直留在原地

我就能看到这世上所有的港口

我就能像个合格的水手那样

以樯橹交代这数十年的每一步经纬行踪

我就能把童年的气球高悬在桅杆

是的　长久地高悬——

以纤细的睫毛和诡谲的海浪

祝福我的气球打卡所有的港口

记录那千帆过尽的海水的咸涩里　微妙的一丝丝甜

（原载《江南诗》2017 年第 4 期）

为了爱你

安　然

为了爱你，我在体内豢养虎、豹子

一种邪气也开始滋生

我努力做好沉默的准备

我喝掉很多盐水

如果可以慢一点，我还要

在体内豢养更多的生灵

比如，我们一直追逐的鹰

它飞行的速度超越了云

也超越了几条河流

它开始慢下来，为了爱你

我豢养了更多的情绪

我背叛了一片森林

我违背了秩序

在村庄，我伤害了无辜的人

踩死了很多只蚂蚁

为了爱你，我在体内栽种罂粟

和更多有毒的植物

我做了很多危险的事情

为了爱你，我身上的火

险些烧掉整个春天

（原载《诗歌月刊》2017 年第 12 期）

忘　记

白鹤林

我们每天通过一条路，
往返于安身与立命之所。

我们能忘记这条幸福与艰辛之路吗？

就像忘记昨日，
我们刚刚经历的爱和争吵。

而只不过是一次系统的升级或重建，
你会发现我们所有的关联，
都是虚幻而脆弱的。

恰如通往时间的隙缝的这些密码般的诗句，
我们命运踌躇的背影——

刚刚写就，已成追忆。

（原载《草堂》2017 年 3 月总第 7 卷）

日 记

白 玛

大雾干扰了一只鸟儿的独唱

今天埋头画狮子、画老虎，画一驾异乡的马车

带走孤独而寡言的人。许多年已过去

我还爱着你，仿佛凌乱的美爱着贴身的死亡。

在寒冷的厨房磨刀、光脚听一首荒凉旷野之歌

打哈欠、闭嘴、想念一个久别的仇人

今天不见同类，抛弃理想

今天不孤独，和自己相依为命

（原载《诗潮》2017 年第 5 期）

独角戏

白象小鱼

在异乡的天地间，一个人演一部戏
演生，也演死

墓碑是道具。有时候是土地里伸出的手
回答尘世的疑惑
有时候是种子，种进地里
盼望长出亲情来，嘘寒问暖，解尘世的寂寞

远方云朵下的乡间
古老的村庄人烟渐渐稀少，在村口
晃动的，也只是几颗动作缓慢的白头颅
他们也是我的道具，西北风一吹
掀起的荒凉，落了一地

我只用肢体语言表达，不言悲，不言痛
面无表情
如被生活牵在手里的木偶

（原载《北京诗人》2017 年第 1 期）

掬一捧腊月的阳光

包容冰

掬一捧腊月的阳光，先是洗脸
后再洗心。更为了革面
我在被世人遗忘的乡村，寻找童年的炊烟
一根摇曳的冰草
心情委顿，欲说还休

忙碌的人，杀猪宰羊
筹备丰盛的年货，喜形于色
我的内心一片沉寂，泛不起波澜

想起离世三年多的父亲
给我没有托来一个七彩纷呈的梦
卧床的母亲，食欲陡减
该到撒手归西的时候了
母亲，别忘一句救命的圣号
领悟的人凤毛麟角

掬一捧腊月的阳光
我的内心一片敞亮

母亲要去的方向早已明确

只有我懂得

她的人生前途光明无限……

（原载《朔方》2017 年第 2 期）

颤　栗

曹　东

这琴声一唱，泪都碎了

这晨光一闪，脸也碎了

你的喉管陡峭

你的内部是飞行的

一场沦陷，溃乱得满是泥泞

手提雨水

在空旷的戏文里狂奔

哦太荒诞了，羽兄

把头痛快地摘下来

赠给世间的故人

（原载《草堂》2017 年 1 月总第 5 卷）

他在灯光下写作业

曹立光

门口蜷缩的老狗

灰色的成绺毛发遮蔽了双眼

嘴角沾着饭粒

风在窗外走动

松动的窗框狠命抓着玻璃

易碎的玻璃和人的一生何其相似

灶炕里的火还在燃烧

久病的爷爷需要火炕抚慰

噼啪响的柴火在呻吟

手机充电在饭桌上

没有声音的电视机飘着雪花

墙上的妈妈又用目光抚摸了他一下

（原载《中国诗歌》2017 年第 2 卷）

户撒刀

朝　颜

我爱上一个佩刀的男子

他有着古铜一样的肤色，古铜一样的肌腱

他住在西南以南，一生被太阳照耀

他从没说过爱我

只是那把户撒刀，柔可绕指

轻易就在我的心上绾出一个

兵荒马乱的结

疼痛是我自己的

荒凉也是我自己的

最后，他像一棵树从我的心上连根拔起

只留下一把削铁如泥的户撒刀

想念的时候

我就抽出刀来

听亚热带的季风，从陇川慢慢吹过

然后，轻轻按住胸口上的疼

（原载《星星·诗歌原创》2017年第5期）

田园诗

车前子

喜鹊扇着两把白扇子，

姑娘炫耀

涉世不深的肌肤，

想要完美，两把白扇子搁上黑腹，

姑娘！你情有独钟的脑袋，

是颗绿豆。喜鹊带来——

飞禽们的爱，大地啊，

它有两头，这交媾着的走兽，

一头在井中。

除草机下午激流，

吐血，一地绿血。

以前，我认为

"地主的血"，

现在看来，

是除草机的血，是机器人的血。

没有见过世面的血。

不能沉静的血。

刮着风做小买卖的血。

涉世不深的肌肤，

"地主的血"，

嗜好手工，但不恢复农业生产。

优雅保持形式上——某种不愉快。

（原载《扬子江》2017 年第 4 期）

为茅草立传

辰　水

并非所有的茅草都有着一颗干瘪的心。

土层之下埋藏的根茎，

通透、明亮，带着微微的甜。

我相信这隐藏的部分，

里面的汁液，让一个时代的味蕾

集体反应。

斩断茅草的退路，

无异于背水一战，或者是逼上梁山。

在无用之地，建国、封王，

甚至自己也是自己的奴仆。

直到秋后，衰败的王国深处

暗藏着宿命的火灾。

一个收割的农夫，他的镰刀

钝如岩石。

茅草几乎接近于无用。结绳之后，

虚构的圈套已经产生——

用一根草绳赴死的村民，他从来没有怀疑过

茅草的力量。

挣脱它。用一个村庄的弧度，反方向
拉开距离。
为了写史，所有幸存的茅草
都活成了一个父亲。

（原载《草堂》2017 年 2 月总第 6 卷）

隐 痛

陈 朴

就这样吧

开一块荒地，种一片小麦、一片油菜

没有拖拉机，没有耕牛，不叹气

没有风调雨顺的好天气

就做一个稻草人，让它站在地中央

去震慑麻雀和小兔子，去替我

经历生活中的苦辣，把那些细碎的酸甜

留给我，让我忘掉背上那块伤疤

记住妻子的初吻

（原载《草原》2017 年第 2 期）

公交车上的女人

陈会玲

这是下班路上的一趟公交车

夜有些晚，所以不算拥挤

我站在她的身边

她的脸侧向右边，眼睛闭着

她有一张光洁的脸，所以

应该不会为镜子里的雀斑而叹气

但我依然能看出她的年岁

和隐藏的秘密

她的睫毛湿润，我能想象

那没有喷涌而出的泪水

正随着车子的颠簸而破碎

她是不是有个正密谋摆脱婚姻的丈夫

是不是还有个刮雨器一般

刮去忧愁的女儿

黑色大衣下，胸脯微微起伏

像一头小兽，来到了林间的小屋

这时，也许她正爱着

或者空有一颗偷情的心

我的猜测被突如其来的羞愧打断

天河城到了，她适时睁开眼

起身下了车

我坐在她的位置上，脸向右侧着

窗外的广告灯针芒般闪耀

我闭上眼睛，感觉睫毛湿润

一路上，我的内心充满着悲伤

但我嘴角的弧度上扬

你们只看到一张取消了秘密的脸

（原载《草堂》2017 年 9 月总第 13 卷）

我们就在中间坐下来

陈建正

他们驾着马车上山了

孩子举着纸风车下山了

大雁从北飞向南

我们就在中间坐下来

坐在一棵银杏树下

让金黄的叶片

悄悄地落满我们的全身

把我们盖住

叶子落得飞快

超过一条河流尽的速度

超出一场大风的声吼

吹开母亲的白发吹裂父亲的唇齿

我们就在中间坐下来吧

不管夕光有多败落

坐成一堆黄土

让来年的雨在上面破开思念的芽

（原载《诗潮》2017 年第 2 期）

挖　掘

陈　亮

有时是在鸡鸣声里，有时是在驴叫

羊咩、狗吠声里。父亲总用铁锨

在挖着什么。有时在挖坑

挖深了谁的伤口？大多时候

是在平复和掩盖

有时候是在堆一个自己也过不去的疙瘩

有时会惊讶地挖到一些散碎骨头

就小心包起来，找个地方郑重埋了

在上面插几根树枝，念念有词

有时他是背对着我们

有时是侧着，或正对着我们

有时候他只是一个人

有时候却瞬间分蘖成无数个

都是同一种姿势，从来就没有停过

有时候他们清晰、突兀

像金山银山，金人铜人，他们的力量

让日月晃动，让江河倒着腿走路

让大地颠覆，群山战栗，让巨石

飞起来，最后砸在自己的脚上

血肉糜烂，却没听见喊疼

有的还在虔诚地赎罪

更多时候他们模糊，看不清脸庞

只有在梦里才能寻觅到一丝丝回声

似被无数的鞭子恐吓着

喇叭催着，绳子捆绑着

更多时候，他们似乎完全给隐身了

留下了无数铁锹自己在那里挥舞

庄稼自己在那里长着

季节自己轮回，他们却不知所踪

只有孤独的风依旧吹拂着玄秘星群

（原载《诗潮》2017 年第 2 期）

登岳阳楼后记

陈先发

此楼曾被毁灭 63 次

打动我的，并非它形体的变化

也不是我们酒杯的一次次倾覆

不是环湖百里小摊贩淆乱和

灰暗的灯火

也非史志中

恶政的循环

不是这夜鹭为水中倒影所惊

也不是弦月如硬核永嵌于

不动的湖心

不是一日日被湖水逼而后撤的堤岸

也并非我们与范仲淹颓丧如灰的

相互质疑从未中断

毁灭二字并不足奇

年年新柳也难以尽述自身

除了在这一切之上悄然拂过却

从不损坏任何事物外壳

我们一次次进入却

永无法置身其中的玄思与物哀——

乌鸦嘴

成小二

游手好闲，这个自以为是的家伙，

以先知自居。

和天空较量，以为飞起来就能飙出高音。

其实乌鸦飞得并不高，

离人间很近，破锣一样的嗓子，

带着命运的知情权，

每一声，都被暗处的人认领，

如果你眼皮跳一下，

如果心里发毛，

如果再联想到旧事，就形成了证据链，

赶路的人，仿佛行走在针尖上，

光阴掉了魂似的，

替远方的人担心，替藏垢纳污的人担心，

有时群鸦叫得凶猛，

一定歪打正着，击中了时代的某个痛处，

让我们替那些慌乱的灵魂担心。

（原载《草堂》2017 年 12 月总第 16 卷）

风来了

大　解

空气在山后堆积了多年。

当它们翻过山脊，顺着斜坡俯冲而下，

袭击了一个孤立的人。

我有六十年的经验。

旷野的风，不是要吹死你，

而是带走你的时间。

我屈服了。

我知道这来自远方的力量，

一部分进入了天空，一部分，

横扫大地，还将被收回。

风来以前，有多少人，

已经疏散并穿过了人间。

远处的山脊，像世界的分界线。

风来了。这不是一般的风。

它们袭击了一个孤立的人，并在暗中

移动群山。

（原载《扬子江》2017 年第 4 期）

所 见

大 梁

病理室外

排长队的人

有高的

有矮的

有胖的

有瘦的

队伍向前蠕动

没人在意

谁在谁的前面

谁在谁的后面

更没人在意

谁一声不响离开了

白钢窗里

穿白大褂的中年女人

戴着口罩

嗓音疲惫

她每递出一份报告单

就机械地喊一声

下一位

而那个人

触电一样

哆嗦一下

（原载《草堂》2017 年 2 月总第 6 卷）

地铁上的姑娘我都认识

大头鸭鸭

那个红唇皓齿睫毛夸张

喜欢扭头的姑娘

她涂改的容颜

是一种美。小家碧玉像株绿色植物

挂着耳机

两个身材同样小巧

都穿着牛仔短裤的姑娘

围着一根钢管窃窃私语

交换着秘密

戴眼镜的姑娘把头扎在手机上

那个文了蝴蝶的姑娘

板鞋之上的身体像根弹簧

低 V 的姑娘生如夏花

而低调的姑娘，服饰上也含有

不动声色的匠心

这些姑娘我都认识

是的，整个地铁上的姑娘

我都认识。但我没和她们当中的

任何一位说话

现在我是个透明的玻璃人

在她们中间

像空气中的赞许

和拐弯时的摇晃

过了螃蟹岬、积玉桥

几个姑娘下了车

几个姑娘涌进来

地铁正在穿过长江

好姑娘那么多

你爱也爱不完。一个好姑娘

就够你耗去一半的青春

而青春又不像地铁

可往返着开

（原载《诗潮》2017 年第 8 期）

拥 抱

灯 灯

我的母亲从不知道拥抱为何物

她没有教过我

和最亲的人张开双臂，说柔软的话

她只告诉我

要抬头，在人前，在人世……

她说，难过的时候，就望望天空

天空里什么都有——

到了晚年，我的母亲开始学习拥抱疾病，孤单，和老去的时光

开始

拥抱她的小孙子——

有一次我回去，看见她戴上老花镜

低头翻找她的药片——

那时，天边两朵云，一朵和另一朵

一朵将另一朵

拥入怀中

仿佛这么多年，我和母亲

（原载《中国诗歌》2017 年第 2 期）

名山渡口

邓朝晖

风叫我的时候

母亲也在叫我

1978 年，南县茅草街

我们在寒风里等一条渡车的船

车队很长，从渡口排到堤岸

我数了又数

还是没算清我们该轮到第几趟

我最怕的是下午越来越暗

快要擦黑的时候

船夫挥一挥手

让我们倒回去

过去多少年的事了

我渡的仍是同一片水域

这些年绕来绕去

还是绕不开洞庭这个

没有边际的湖泊

时光也看不到边际

那些错过的事像水鸟一样多

水鸟沉在湖底

有的时候

像花儿一样开放在滩涂

（原载《诗潮》2017 年第 8 期）

秋天，在一座小树林静坐

朵　渔

草木停止生长，静待冬天来临。

有些树叶已经枯黄，更多的，还绿着。

秋风一场比一场要命，但这不影响树木笔直地站立。

村庄在他的前面

流水在他的脚下

旋耕机替代牲口，奔忙在田野上

玉米已经砍光了，土地舒展而柔美

我依着一棵树木坐下来

看白云在头顶飘过

树梢的白鹭一只只飞出去

不远处就是西汉水，河水一天比一天清澈

现在，只有秋虫的鸣叫，最好听

好像身边的草丛，藏着另一座星空

（原载《诗刊》上半月刊2017年第4期）

掉在地上的头发

二月兰

长的，短的

粗细不一

不用辨认

它们就是培育我的那两条染色体

一条来自父亲，一条来自母亲

长的柔韧

但，发梢分了叉

短的已经白了三分之二

小心拾起，让它们头靠在一起

并排躺下

我试图让他们的膝盖都靠在一起

可母亲总是僵直着身体

父亲的腿一直弯曲

长的，短的

白的，黑的

试着剪短了母亲的一半黑发

让她等等父亲

与一个老男人相爱

范　蓉

她告诉我，

在梦里，老男人的脸生满褶皱，

像落日跌入水中的涟漪。

手指弯曲，僵硬。如冬日的葡萄藤。

他不再年轻了。

她偏爱这种凋敝的美。像匹退出江湖的老马，

饮过最后一口酒，身驮盛大的孤独。

走向她。

她以她的茂盛，

撑起一个被世人不齿的黄昏。

（原载《奔流》2017 年第 8 期）

秋日从句

粉　灰

我们一起散步的时候

世界是圆的

唱歌的人是你　唱歌的人在云端

我们走在黑暗中

走在死亡中

分离中　我不是你　你不是我

我们走在虚无中

走在鸟鸣中

欢愉中

汗水是一种仪式

疼痛即天堂　我愿意你就是我　我就是你

松针掉落　回声只有一点点

一点点明亮　一点点生死相依

（原载《中国诗歌》2017 年第 2 卷）

制造水

风　荷

要制造水，源源不断地运输到宣纸

那些饱满的字粒

是我的食粮，是我的心头痣

与空白对弈，我需要

不断地制造水，从水里捞出盐

挤出善良。支撑我一撇一捺坍塌下去的中年

头顶白鸽咕咕，我也喜欢

白花花的事物如雪花，在高处将我提升

引领我飞，引领盛大的水声

直抵美

直抵天堂

（原载《文学港》2017 年第 4 期）

母亲独自守着故乡

甫跃成

父亲不在的这段时间里，

她是怎么熬过每个白昼，洗衣，扫地，

做饭，给母鸡喂食，扛着锄头

去看望那些杂草比庄稼茂盛的田地？

她是怎么熬过白昼之后更长的黑夜，

守着老式电视机，对着昏黄的灯，一整晚

没有人，说一句话！是怎样的力不从心

令她在去搭一根被风吹落的电线时

一脚踏空，从木梯上摔了下来！

又是怎样的疼痛，令她拿不稳手机，

在电话里，编不圆一个像样的谎！

我不知道那天傍晚，她是怎么从地上

爬起来的；也不知道，托着一只骨折的手，

摸着黑，她如何走到县城，找到医院。

直到数天之后下了飞机，转了大巴，

赶了山路，一把将她揽入怀中，

我才听见她的哭声，看到暗红的血

透过层层纱布，渗了出来。

（原载《草堂》2017 年 9 月总第 13 卷）

雨打浮萍

龚静染

雨使劲地打着浮萍

打它们的脸

噼噼啪啪的耳光

又重又狠

像在抽打着我的童年

一万颗雨

都打在一张脸上

雨的牙齿四溅

浮萍被打得摇摇晃晃

那么小的脸

挨了一天一夜的暴打

眼睛和鼻子肿成了一团

而两只被打落的耳朵

沉到了水底

（原载《华西都市报》副刊 2017 年 12 月 2 日）

凌晨五点的光芒

谷　禾

明亮的光芒穿过雨洗过的玻璃

照在厨间新买来的粽子上

温暖又明亮。但你仔细看，粽子的

少部分还经历着阴影的煎熬

捆紧的苇叶，还没解开凝霜的茸毛

（有什么关系呢）端午已至，艾蒿

插上了门楣，你尽可刷朋友圈儿

一遍遍地，把三闾大夫怀想

过一会儿，粽子放入蒸锅

它包藏的甜蜜，将弥散在房子里

而在窗外，明亮的光芒

也照上了所有转醒的脸庞

还有滴翠的柿子叶，向日葵，刺玫瑰

以及更多叫不出名字的花草

多好啊，这一天中的安静时刻

凌晨五点的光芒，因为安静而明亮

你一抬头就看见了她，仿佛神恩

悄悄来到身边，又只让你一人知晓

（原载《扬子江》2017 年第 5 期）

铁　丝

郭金牛

从内部取出电，这睡着的老虎，它下山速度
是迅雷
是闪电

半夜起来咳嗽的人，摸黑走在沟底的人
炉子上，汤药溢出瓦罐，转而使用小火的人。
身体里的棉花、力气
逃走了一半的人

良人害病。快来看呀
小河扶着两岸，木板抬走干柴、乌云
从袖口中取出雨水，夜雨各有各的下法和忧愁。
仿佛故去的人，都来看我，有迷人的响动。
小麦提前半年开花，灌浆
可能等不到谁来收割。

（原载《诗潮》2017 年第 7 期）

多依河

郭晓琦

那一天下午，天空低垂到了眉梢

青山和树木

挂着一层薄薄的水雾

那一天下午，多依河混浊

带着忧伤和叹息

那一天下午，沿岸的水车依然忙碌

石磨借流水的力气磨面

石臼借流水的力气捣米

酒坊微醺

油坊飘香

把生锈的老锯子

因为身体里的风寒，显得力不从心

那一天下午，有人登高望远

看见十道塄坎，有伸手拦住流水的意思

有人在河流微微失落的表情里

留下倩影和笑容

有人羡慕一丛修竹的身材

有人靠着古树的肩膀，想起一段往事

有人对一朵小红花耳语

有人对一朵小白花发呆

有人和风中的一枚黄叶擦肩而过

……

那一天下午，惊叹、好奇和喧哗之后

人群各自离去

多依河边

空出了一大片更加灰暗的空寂——

（原载《诗刊》上半月刊 2017 年第 7 期）

病　中

海　湄

大病之后，那些针眼

只有冬日的眼睛泛酸时

才能看到这些疼痛

我想不起我和我之间的战争

是为了一根稻草还是一个白细胞

在睡眠的深渊里，没有人比我更渴望清醒

更渴望看清谁在我的刀口上，与我做了亲爱的敌人

我会在醒来时忘记做过的好梦

却会在梦外记住噩梦

医生又在说我的病

又在说免疫力与细胞优劣的关系

而我早已习惯伸出左手，习惯手臂、手背、手指

在青紫颜色上泛滥的疼痛

医生说这是生命，而我却认定这是命运

（原载《草堂》2017 年 11 月总第 15 卷）

背 篓

何 蕊

山民的脚步叩响太阳的门，
背篓里装满的朝霞，
那是一筐生命的黄金。

熙熙攘攘的街市上，
山民的身影镶着金边，
叫卖两个脆生生的字：野生。

当太阳滑到了农夫的背后，
黄昏追赶山民的脚步，
背篓里藏了一弯月牙的甜蜜。

（原载《草堂》2017 年 10 月总第 14 卷）

有雨落在她身上

红线女

这是农村商业银行门前的空地
不知名的行道树挨挨挤挤
来来往往的车声和喇叭声彼此嘶喊
暴雨掉下来，落在她的身上

周围有豇豆、黄瓜、西红柿
李子和玉米不是蔬菜，但夹杂其中
拐杖很旧，像九分之一月亮的影子
她颤巍巍地站着，被湿透的身子似乎更小
俨然那些雨，成了黑暗和寒冷的丝线

风偶尔来过问一下
仿佛黑暗的否认者，让我从
一场暴雨的背后去认证
一位八十二岁的老妇那低矮的菜篮
一位八十二岁老妇强悍的生命

豇豆们、黄瓜们、玉米们、李子们
旋转于四面来风，击碎了整个夏天的午后

大街上依旧车水马龙，歇了一阵的暴雨

又举起喧闹的大海，前仆后继

而她依然颤巍巍地站着，又颤巍巍地坐着

面前的菜篮里，三把青菜一动不动

仿佛单薄的命运，在现实的面前总是那么无能为力

（原载《草堂》2017 年 3 月总第 7 卷）

诞　生

侯存丰

那是一个恬静的夏晨，1987，
澄澈的板棚，鲁霞在牛槽里放草料。

初阳高悬，碧蓝的光线跃过棚顶
辽阔的田野，荞麦穗闪烁着露珠

周围树丛中，鸟雀传出惺忪的叫声，
浓荫下，一幢窳陋、低矮的农舍——

女主人，鲁霞，一身亚麻布衬裙，
喘息着，靠在木辕上，抚摸微微隆起的腹部
……

从农舍蔓延至天边的车辙，渐渐模糊，泥迹也由青转黄……

（原载《诗林》2017 年第 2 期）

面巾纸

侯　马

我用一张柔软的面巾纸

擦拭眼镜

结果留下一道

清晰的刮痕

三年没敢再动面巾

前日心软

用了一次

结果它毫不留情地

又留下几道刮痕

从小

木头刺就经常扎我手指

彼时我并无怨言

不知它一直怀有恨意

（原载《草堂》2017 年 11 月总第 15 卷）

黄　昏

胡　弦

此时的光对于熟悉的世界

不再有把握，万物

重新触摸自己，影子

越拉越长，越过田亩、沟渠，甚至到了

地平线那边、它几乎无法施加影响的远方。

多么奇怪，当各种影子扶着墙

慢慢站起来，像是在替自己被忽略的生活表态。

——在我们内部，黑暗

是否也锻造过另一个自我，并藏得

那么深，连我们自己都不曾察觉？现在，

阵阵微风般的光把它们

吹了出来……

——黄昏如此宁静，又像令人惶恐的放逐。

阴影们交谈，以陌生的语言。

没有风，时间在无声地计数空缺。

铅沉入河流，山峦如纸器默默燃烧。

（原载《诗潮》2017年第6期）

年近五十

黄灿然

知道的事情愈来愈多，
认识的人愈来愈少。

没人爱，
也没人可爱。

以为还有二十年的高峰要爬，
才惊觉已下坡了二十年。

表面上无怨无怒，事实是无力怨也无力怒。

——但这些说的
都是我这个人。我的诗呀

你还有千年的高峰要爬，
并且再也不用下来！

（原载《草堂》2017 年 6 月总第 10 卷）

饮水注

黄沙子

向茶杯里注入滚烫的水，在黑暗中
你无法准确感知何时该当结束。
即便一生中你曾无数次
将一杯水倒得恰到好处，
谁又能保证这一次仍是如此。
奇迹不可能总是发生。每活过一天
你的技艺就更加纯熟一点，
每活过或卑微、或无所顾忌的一天
就是将死神的外衣脱下一件。
狗也深知这个道理，
只要打开门，它就会咬着绳子，
请求我带它出去溜达一圈，
我们沿着沙湖散步或者奔跑，
那并排行走的两个灵魂
如此相像、高大又孤单。
一生该当如何度过我从未找到答案，
但我知道欢欣有多少
痛苦就与之等同：不会更多
也不会更少。黑暗中我凭借经验

向茶杯里注入滚烫的水，这小小的容器

承接着人类的一切伟大梦想，

即使满溢出来，也终有倒完之时。

（原载《扬子江》2017 年第 5 期）

残　片

黄小线

帮父亲打酒的男孩

在黄昏里，走过一口枯井

他低下头又偷偷去看了一眼

仿佛看到母亲，正在放入

一个红色的水桶。吃力地

拉紧，一条尼龙绳子

她总是憋足了劲，从最底层

打捞最柔软的事物，以及自己的影子

又像在给儿子示范，一个悲苦的人

应该如何卑微地过完这一生

（原载《诗刊》下半月刊2017年第10期）

熟睡赋

黄志萍

我年轻的时候常想
人睡着睡着就死去
该有多美
静水深流，时间就此转弯
无论跌宕还是平缓
这一生，都被睡眠平分

被睡眠平分的，还有语言
那个话未说完就能睡着的人
离睡眠更近
他醒后说幸福
对于黑白并不分明的生活
他有更多的感触

这是凌晨四点
睡房透进光亮
我被一股力量推醒
提前进入嘈杂的中年

而幸福正像麦穗一样招摇

仍旧熟睡的孩子在梦中翻身

世界包容了他每一次微小的颤动

（原载《诗潮》2017 年第 12 期）

迎接了死亡

吉狄马加

妈妈的眼角最后有一颗泪滴，
那是她留给这个世界的隐喻。
可以肯定它不代表悲戚，
只是在做一种特殊的告别。

不是今天才有死亡的存在，
那黑色的旗帜，像鸟的翅膀，
一直飞翔在昼夜的天空，
随时还会落在受邀者的头顶。

冥府的通知被高高举起，
邮差将送到每一个地址，
从未听说他出现过差错。

妈妈早就知道这一天的来临，
为自己缝制了头帕和衣裙，
跟自己的祖先一样，她迎接了死亡。

（原载《草堂》2017 年 1 月总第 5 卷）

拆散的钟表

剑 男

时间在嘀嗒中有始无终，当我们

把一座钟表拆开，时间

都去哪儿了，怎样计算一个人

在尘世的脚步，转眼从黎明到了黄昏

当我们拆开，时间是不是

就如一堆金属，长着冰冷、铁青的脸

却仍然显示着时间琐碎的本性

像一驾驰骋的马车，在迷雾中失去前蹄

怨怼沉江的书生，至今仍在水底

把黑暗搅动，而一个无所事事的线性人

他躺在静止的平面空间里

看着被拆开的钟表散落一地

一只无形的手还要继续把它的发条拧动

（原载《草堂》2017 年 9 月总第 13 卷）

致一位正午走过的陌生少年

江 非

你是一只日光中路过的小鹿

路上有你的影子

你是一本我尚未翻阅的书籍

如果打开世界那隐秘的图书馆

那书架的深处有关于你的目录

你没有名字，没有故事

无所作为，默默无闻

对于我来说

你不是一个，而是许多人

我坐在海岛的街头

在一棵树下

一条有些温热的石凳上

你从我面前路过

我不能知晓你有什么样的过去

也不能预测你有什么样的命运和未来的荣绩

我只能证明

你曾在阳光翻涌的时刻从这世界上走过

你路过时，头上闪耀着父母的恩惠

身上显露着时光的慈悲

（原载《江南诗》2017 年第 1 期）

雪晴日跑步将进酒

姜念光

平均六分钟跑掉一千米，
两步呼三步吸，平均十步，
把身上的风水换一次。
平均六个朝代用完一千载，平均十年，
整理一次朝纲和江山。
一切全都刚刚好！
刚好肺腑微喘，头上轻汗。
刚好忍住只有人才会有的一些恶心，
让心灵，紧绷它的脆弱，
刚好化掉膝盖中的积雪。

刚好在三千米时身心俱热，仿佛盛世，
刚好三千年一开花，三千年一结果。
而真正的快乐需要五千米，
无形的文明的内啡呔，让丽词新句
习习升起，刚好，押韵
这个五千年后的新时代。

而我和世界继续努力。

一万年太久，只争朝夕。

九千米，刚好跑出沉睡于脚心的安泰，

把大地有力的抛物线，刚好推到

一万米的顶端。在这里我看见，

两根巨柱撑起穹廊，"希腊的喷泉"

突然出现了。一个伙计满脸通红，

突然站起，他轻轻摇摆，有些害羞，

我则像个热烈的年轻人，对他喊：

嗨，小二，拿酒来！

（原载《草堂》2017 年 9 月总第 13 卷）

他和我说起悲伤

金铃子

他和我说起悲伤

瞬间，我的心被击碎

爱过许多事物。孤独。眼泪。草丛

唯独没有爱过悲伤

今天，仿佛例外

紧紧地抱住它，温暖它

这个寒冷的初春，我与悲伤

相依为命

我用笨拙的方式爱上悲伤

犹如我爱上他的沉默

或者歌唱

（原载《汉诗》2017 年第 2 卷）

后河，一次森林旅行

津　渡

清晨，骑马前往原始森林

艰苦的跋涉

触及骨头深处的疼痛，骨架

已然摇松。

正午，在河谷安顿

我表哥解下鞍鞯

给马打来青草，草帽扣在脸上

躺下来休息。

我抱来柴火，生火

搪瓷盆子里的麂子肉嘟嘟地翻滚

狗巴望着

流出了口水。

是的，这些肉都可以给它

我愿意取悦这个世界上的任何动物。

只是，将要加进去的

青菜是我的。

我既不读书，也不思考

有时，会让风

再把大脑吹干净一些。

自然教给我的一切

迄今为止，仍然是最完整的教育。

是的，我像牲畜一样驯善。

如果还有闲暇

我将继续观察苍蝇

像许多年前一样，对此迷恋有加。

它在圆石、草尖，水壶盖上

和搪瓷缸子边沿

逡巡，翅膀透明、轻盈

毫不费力地飞行。

它使我想起一位古代的侠客：盖列

轻易放弃了功与名

最后不知所终。

(原载《江南诗》2017 年第 1 期)

仿　佛

蓝　紫

仿佛这就是全部。一条河流，有它

全部的辽阔和喧嚣；一棵树

也有它自己的前世和今生

甚至一朵小花，一株小草，一粒尘埃

它们卑微而顽强的身体，常常

让我羞赧和悲戚。鸟声消隐的地方

柔和的风，蜿蜒着吹向旷野

我站在这里，内心安宁

仿佛在漫长的一生中

得到了暂时的宽恕

（原载《作品》2017 年第 8 期）

井 筒

老 井

煤矿黑洞洞的井筒

像故乡的水井，快速旋转的天轮

像井口的轱辘，嗡嗡作响的大型提升绞车

像在井口喘着粗气的老汉

那深入到八百米以下地心深处的钢丝绳

就是老家汲水的井绳

木桶在浅井内晃动，大罐在深井内出入

当快速下行的钢铁匣开黑暗之时

突然想起了老家沾满桐油的木桶撞到水面时

井中发出的那声脆响，像是黄瓜说给番茄的情话

在这一瞬间，扭过脸去

我不想让铁石心肠的罐笼

看见一个大男人泪流满面的样子

（原载《草堂》2017 年第 7 期总第 11 卷）

孔雀的怒翎

雷平阳

你听到过孔雀的叫声吗？

在寂凉之夜。你产生过收集

这种声音的念头吗？

在你同样无望的时候。也许你

听过那声音，从孔雀的肺腑里迸裂而出

它亦是一只发疯的黑孔雀

在夜空猛烈地拆卸自己，又把拆下来的

零件，组装成散射的声音怪物

它源于肉身，是声音的肉体，肃杀

决绝，有着将你压扁了、搓成细条

又令你开屏似的生出怒翎的魔力

黑夜里高声大叫的禽兽比比皆是

唯其叫声可以处决一个人的灵魂

听见孔雀的叫声，我悟出了

一点：表象绚丽而内心破裂

有的生命始终垂死而又尖锐

（原载《诗刊》上半月刊2017年第10期）

在都江堰柳街想起父亲

雷　霆

在都江堰柳街想你，有点遥远
昨天没下雨，四川盆地闷闷不乐
刚才下雨了，雨水打在宽阔的荷叶上
绵绵的，像我们之间的爱

我和几个诗人在檀树下喝酒
说起乡愁。身边是六月的田园
蛙鸣起伏，稻菽涌浪
雨水打在宽阔的荷叶上
就像反复敲打前世的一面鼓
一滴紧跟另一滴，父亲
这像不像小时候我紧跟着你
在六月的官道梁，茫然无措

透过烟雨蒙蒙的荷塘遥望北方
我看见荒凉的高原，河流干涸
岁月狠心丢下嗓子冒烟的村庄……
这由远及近的恐慌溢满心底
仿佛梁上的事物不该来到人间

你已离开我多年。我拎着
你给的那点尊严努力活到现在
我知道，田园是我们共同的归宿
这一生我无法不对雨水敏感
我敬仰那些生命里充沛的滋润
就算是苦涩的，也比没有强

（原载《草堂》2017 年 10 月总第 14 卷）

山　路

雷　文

那些白云，那些溪水，似曾相识

花轿在父辈时就停止了运行

唢呐声远去，但余音仍在

岁月落下的灰屑，掩盖了当年的脚印

只有荒草的根部还藏着曾经的心动

这是件不可复辟的事物

几十年里，我只带领过一支队伍

从黎明出发，吹吹打打把你从娘家接走

你的角色模仿了你的母亲

山路上又长出了许多葱郁的树木

而我从未将"亲爱的"说出口

（原载《星星·诗歌原创》诗刊2017年第2期）

歌　谣

雷晓宇

我听过最寒冷的歌谣

是妈妈唱的：

"穷啊穷啊，莫耽工

冷啊冷啊，莫动风"

那是深秋，妈妈在灯下，一边

缝补衣服，一边轻轻吟唱

妈妈已经劳作了一整天，脸上尽显疲态

而此时，窗外的冷月正在切割山河

北风聚集起一整年的冰凌

一想到这我的眼泪就会流下来

一想到悄悄潜入妈妈骨缝里的寒霜

我的眼泪，就会不由自主地流下来

（原载《草堂》2017 年 1 月总第 5 卷）

从西藏归来

冷眉语

从西藏回来，我并没能带来什么

珠峰的雪，拉萨的雨、那曲的格桑花

在纳木错大声呼唤后

我的世界从此安静下来

偶尔有人问起这些

我羞于谈起一路的跋山涉水

只是忆在海拔的哪一个高度上缺氧

然后做出标记

把灵魂刻在那里

（原载《诗刊》下半月刊2017年第8期）

我喜欢简单的事物

离　离

全世界的路少一些吧

那样我出门就不会再迷路

全世界的颜色

只留着白色吧

孩子你想画什么

就画什么

孩子你重新描绘一个童年吧

天空彩色的风筝多了

是靠不住的

风也别换着方向吹

风也不要吹完大海就吹回西北

风也不要带着鱼腥味

和战争的味道吹

风请沿着一条铁路

拼命吹吧

我希望那个方向

总有人回家

（原载《诗潮》2017 年第 1 期）

草 虫

李 瑾

在草里栖身，在草里歌唱，或者在
春天变成一棵草，借风，体验一下
摇摇摆摆的雨
都是季节里不可多得的幻象
每到夜晚，听听此起彼落的鸣叫声
才能感觉心里太满，眼里太空，我
不喜欢秋天——
此时令，草黄了，却没有止住悲声

（原载《诗歌月刊》2017 年第 8 期）

出家记

李柏荣

必定是看过了太多的残忍

比如，生老病死，比如

谎言，慈眉善目的人间

无力原谅，父亲的一生终于提前选择慈悲

像是河水进入谷地，缓慢，一去不回

父亲的生命一分为二，一半在土里

一半在地上

他把自己当成一棵庄稼去种，春生，夏盛

秋收，再酿成酒，喝回体内

世间总有履行这一过程的人

比如父亲

他们，从酒里尝得出

一千多个夜晚的失眠

父亲不辞而别，终于

在沉默无言里出家

没有回声，那就自己为自己剃度

头顶世间，听刀掠过山川，河流，春夏秋冬

尘缘了却的刹那，两座山冰释前嫌

落石滚滚以后

我与他唯一的相似，彼此荒芜

（《草堂》2017 年 12 月总第 16 卷）

下浩街的最后时光

李海洲

一切都是这样，还没有开始告别
就准备着离开。左邻的狗给右舍的猫梳妆
豆花鲫鱼和玫瑰糕泪眼相望。
这旧地球即将成为标本，推土机的齿轮
就要让时代入土为安，或者化蝶成茧。
什么是茧？是自缚的经济
还是伪文艺的扮相？或者是清凉的记忆里
街檐两边小雨敲窗的咳嗽。

全世界都在怀旧，包括长江的涛声、
枕着涛声入睡的山川。下浩街寂寥漫长
那树荫可以装下一生
乔木挺拔扶疏，苦楝花拂落青砖上
他们会有明天吗？或者迁移到另外的星球？
庭院里，临窗剪纸的小爱人旗袍绚烂
她的目光穿过狭窄起伏的巷陌
她有太多迷惘的心事，有秋收冬藏的远方。

是啊，记忆是最痛的

往事会和夜深人静的狗吠一起痛。

是啊，只有在流逝得太快的时候

才能一日看尽长安花，才能让内心的吊脚楼

成为殉道者的墓碑。已经开始了，

这坍塌，这古老，这溘然长逝的车站。

落叶覆盖的门扉前，两个老人想起旧时光

苍黄翻复，只有他们终于白头到老。

（原载《重庆晚报》夜雨副刊，2017 年 2 月 12 日）

蜂房外的天和地

李老乡

我所创造的世界　　总有几只蜜蜂
在花上劳动
这是我终生的荣幸和安慰

此刻我在天涯　　在驼背之上
我会把驼背上看到的一切
如实告诉读者
但我仍不愿吐露沙枣花的清香
来自谁的思想

重任在身　　一只受伤的蜜蜂
或蝴蝶　　正在我的肩上
我必须向花朵奔去——
为完成一项和平使命　　我宁愿
沦为血的败将

太小气的事　　不干
莫让长空的苍鹰小看了一个
放蜂的男人

（原载《江南诗》2017 年第 5 期）

聊 斋

李龙炳

想成精了，一只白狐狸

针对它的动物保护法

和一场沙尘暴一起出台

观念不及格，狗得了抑郁症

狐狸有时和警察在一起

跟在我后面，是我看见过的最紧张的动物

它有时也戴眼镜

据说 3000 度

狐狸狐狸狐狸

野兔在唱歌，唱完就完蛋

狐狸一直想打我的主意

却又担心我是坏人，担心我的歌声里有晦涩咒语

它臆想过自己是哲学家

有一地鸡毛的主义

一只想成精的白狐狸

白得像月亮的碎片

读过圣贤书的狐狸

映照出我满身的道德瑕疵

它终成正果

以皮毛，交换过一官半职

狐狸精，也可能是男的

白狐狸，也可能是幻影

一张打马赛克的脸

晃来晃去，也可能是蒲松龄

（原载《读诗》2017 年第 3 卷）

不应该的事物

李 南

一个富人不应该瞧不起穷人
他梦想进天国
比骆驼穿过针眼还要难。①

人类不应该瞧不起一只蜜蜂
它热爱劳动，有狂喜和惊讶
并不比懒汉缺少什么。

过路的人不应该怠慢钟表
那秒针是一把钝刀
足以让灵魂发出哀鸣！

黄昏不应该撤去最后一道光线
运河、垂柳、作业本和小提琴
将在何处安放？

但我们不再抬头看星星时

---

① 引自《圣经》（马太福音 19：24）"我再告诉你们：骆驼穿过针孔，比富人进天国还容易。"

星星眼里就储满泪水

广袤夜空传来她难过的追问。

（原载《诗刊》上半月刊 2017 年第 7 期）

海鸥飞

李轻松

有多少大海飞越海鸥？我在船上
波浪也在船上。有多少山水可以颠覆？
那起伏的散落，就是七星——
在我有限的航行里
你就是无限。在我经过的风浪里
你的翅膀破溃于飞、破败于停
我与你刎颈而歌。接受闪电的神谕
说出隐居的礁石，空洞的波涛
说出此生的寄居所

请落在我的掌心或肩头
请停留在波涛交替的瞬间
我被拍打在水里的鱼还会跃起
我被推送到岸边的贝还会回来
那白花花的一片，不是浪花
是不带阴影的执信。而我的人生
也只剩下碎屑与沉渣可以咀嚼
还可以喂养波涛。当你俯冲、潜水、漂移
偶尔上演空中哺食的绝技

我只有低下头随波逐流

不知被什么引领着，向苍茫、向虚无

（原载《诗潮》2017 年第 7 期）

我是有故乡的人

李少君

我的故乡在东台山下涟水之滨

我每回一次故乡

就获得一种新的打量世界的视角

这种视角就是父亲的视角

我父亲今年八十六

但他的思维仍停留在五十年以前

他恪守早睡早起、早上练拳晚上散步的习惯

以及菜市场、公园和家里三点一线的生活方式

每次，我从外地赶回来，看见他总有些激动

他却毫不惊奇，仿佛我从未离开过家里

他怀旧，对往事如数家珍，对当下却相当隔阂

我父亲的固执让我相信

这个世界其实没多大变化

虽然有些人动辄夸张地形容为天翻地覆

这种视角就是我少年的视角

每次回到故乡，我仿佛置身于三十年前

我还会为不平之事拍案而起

还会相信未来相信坚持下去会别有天地

我有时踱步到火车站，看到一条条铁轨

还会唤起那时对远方的种种幻想和向往

我沿着当年每天跑步的那条河边小道奔走

又重拾起当初充满激情和理想的执拗

我在每一个地方都会触景生情睹物思人

从中吸取到一种简单质朴的纯粹力量

然后坚定精神，回头应对这慌张混乱的时代

这种视角就是东台山的视角

任天下风云变化，东台山屹立不动

在雷鸣电闪狂风暴雨之中

宝塔在天空下更显清晰坚挺的形象

这种视角就是涟水河的视角

船来船往藻草繁盛的时节

涟水河里浪花飞溅鱼儿跳跃

河流的本质就是流淌，永远奔涌着激流

我是有故乡的人

每次只要想到这一点

我心底就有一种恒定感和踏实感

那是我生命的源头和力量的源泉

（原载《诗歌月刊》2017 年第 5 期）

鸡冠花

李晓泉

鸡冠花的冠子一耸一耸的

似乎在说，黎明是被它一步一步领来的

满身的颜色调配多好，好像再红一点儿

就会哗啦一下子掉到地上一层灰

鸡冠花跟着年迈的母亲

一起进入了小菜园

一声声地喊着母亲

耳朵沉了的母亲却听不见

母亲弯腰用花围裙装了许多扁豆

鸡冠花在小园中摘下了一些露珠儿

那个早晨，我也跟着母亲进小菜园了

我当时穿的什么颜色的衣服已经记不清了

我当时做过什么也已经记不清了

只记得鸡冠花那么红，那么艳

几乎刺破了我的眼睛

（原载《江南诗》2017 年第 1 期）

谈及黎明和来路

李永才

在这样一个，缓慢行走的午夜
我们无意识地谈到了
湖畔的柳丝、灯火和一些寂静的事物
夜雨淅沥，来自秋后的小雨
或许是另一种表达

这样的夜晚，有足够的亮度
让落叶和风景，更加清晰
像我们之间的交谈
简单而明快。贝类和云朵
有时是一种心情
或许，我们可以想象湖水的源头

如果红船比月光幸运
我们会回到旧时光，回到唐朝的雨夜
在阴晴之间，在变化多端的季节
我们看见烟花开过三月
我不是李白，如果被帝王呼唤
我会从梦中醒来

随风而去的，除了那个妖娆的时代
一切都显得多么自然

你拥有的雨水和阳光
都是传统意义上的哀伤和幸福
如此诚实的夜晚
因为有雨落下，而夜色更深
我们与湖水的交谈，接近于
真理的黑白两色

谈及黎明和来路，我们的前方
那些楼阁和窗台
比山水更倾向于华丽的言辞
这一夜浩荡的风
穿过耳朵，而我却喜欢倾听
一只野猫叫春的声音

（原载《山花》2017 年第 8 期）

掩 护

立 雪

在三楼，一件挂在阳台外的衣服
和风共同发出噼啪声

衣服是灰色上装，父亲常穿的
我能从中听出
父亲也有声音，混在噼啪声中

父亲上了岁数，浑身被病占着
但从没有在我们面前哼叫过一次疼

我想，一定是父亲在借
风声的掩护
偷偷把身上的疼，拿出来喊喊

（原载《诗刊》下半月刊2017年第8期）

红卫兵墓

梁 平

沙坪坝是城市唯一的平地，

公园里的树绿得发冷，

即使披挂七月进来，笑声也会冻僵。

有一段围墙豁缺了，

被重新堵上，

堵了又缺。

围墙不是一个人在堵，

围墙也不是一个人在拆，

堵墙的人拆过墙，

拆墙的人，

又把墙堵上。

残垣以外，

也是沙坪公园的景点。

一堵墙把它隔离开，

与环境不协调，

与时令不协调，

日年的伤疤，犯忌。

墙内的草木，

花谢、叶落，有树枯萎。

墙外无人看管，

却不见狼藉和尘埃。

我在清明时节路过，

断墙开满鲜花。

比邻的教堂钟声哑了，

冰冷的十字架下，

年代失血。

一个裸露的坟场，

保存最为惨烈的完整。

一百颗早上八九点钟的太阳，

在那年，在墙外，

封存了体温。

（原载《中国诗歌》2017 年第 4 卷）

乐 曲

廖淮光

无论是嫁娶的路上，还是送葬的途中

在多情的太白村，一支长长的乐队——

锣鼓起伏，两支唢呐轻轻吹奏

那些时光里的铜，那些生活里的铁

一面大鼓是一头牛的脚步

三面小鼓是三只羊的身影

外加上一些人的欢呼，一些人的哭泣

浩浩荡荡，要么构筑两个人的圈套

要么结束一个人潦草的一生

而更多的时候，太白村起伏的山路是空的

你走在沟谷，或者站在岭上

风吹着，身旁细语的草木

草木里塞满的鸟鸣，忽远忽近的溪流

以及散落在不远处的牛羊

隐隐传来的人声、鸡叫、狗吠……

擦亮耳朵，便是一支熟悉得不能再熟悉的乐曲

像是在迎接你，又像是在送别你

（原载《草堂》2017 年 2 月总第 6 卷）

赋别曲

廖伟棠

要走了

坏天气如旧情人牵绊着一切

桥啊水啊山啊

你不时见人开窗、牵船、收衣

一定睛：那人并不是我

在乌镇细味乌黑的

在上海忘记海声的

在香港掐灭香烟的

都不是我也不是你

不是狱中索要一张薄被的孔另境

也不是茅盾书房里见罗马灭亡星的木心

大雾充盈我等

如彼时小父亲在战乱中觅的一方布枕

装满屈辱的泪水、无情的河山

渐渐变成青瓷般冷硬

1960 年，焚书种桑的

我们的小父亲，我们的旧情人

谁窥见过他谁话别过他

青红的肩膀

清白的腰身

（原载《草堂》2017 年 2 月总第 6 卷）

轮　回

林　莉

我想好了，今天

就按老树底这个村庄的样子

好好细碎地再长一遍

让看见的人

从此有了全新的欢喜

风把眼前开着的油菜花吹高

当它落到几个坟丘上

多少人间事

就一一低了下来

……生死敞开

我不知道究竟要错过什么

才能摸着石头在河边坐下来

痛苦也是绿色的

几乎等同于薄暮中埋伏着的虫鸣

（原载《诗潮》2017 年第 6 期）

科甲巷，一条街区的能指

刘红立

科甲巷，一条街区的能指

呈回纹形散开。那么多时尚之人

如鱼得水

挤进鳞片般重叠的商铺

砍价、选购、走人。再来

打望、闲聊、扯扯绊绊

当今人群大多如此。咖啡店

往前行百米

左拐，兀立一块石碑

五言律诗，怎么看少了两句

食指轻抚，凌迟之痛啊

"人头做酒杯，饮尽仇雠血！"

这个故事太长，百万血流

万世酒浆。记忆匿进灰白颜色，石碑寂寥

闹市区，科甲巷横来竖去

这曲折世事，躲不过月黑风高的翼王父子

（原载《星星·诗歌原创》2017 年第 9 期）

一个人从身体里出来

刘不住

一个人瞅个闲儿

从身体里出来

他望见自己在大地上漫步

不断丢弃着童年、青年，然后是中年、老年

像一节一节坏掉的小火车，挪向苍茫

兜兜里装满硬糖和水果

有时他停下来，咬一口青涩的记忆

身体深处，就响一下

一个人重新坐回自己的身体

他又听见器官和盐

被光阴的流水

淘啊淘，淘啊淘

——仿佛一座失陷已久的城

尚有隐隐的嘶鸣

（原载《草堂》2017 年 3 月总第 7 卷）

养在肺里的弹片

刘立云

见过一棵大树用它裸露的根，活活吞掉
一块石头，一面汉代或唐代的碑吗？
那种过程持久而猛烈
比河流改道还慢，比阳光洗白一个少年满头的青丝
还慢，如同我看见过的一个老兵
用他的肺，活活吞掉一块弹片

我是在澡堂里，在南方一座军队大院的
公共浴室，看见这个秘密的
那时候党风纯洁啊
一个将军和一个抄抄写写的干事
只隔着一道干净的布帘
而他就在布帘的那边
指名道姓，唤我去帮他搓洗
为此竟大声吆喝，动用了他小小的特权

澡堂里白雾弥漫，两个男人赤裸相对
这情景至今让我难忘
我发现无论你是国王，还是乞丐

只要退去衣饰，彼此呈现

你就不再人模狗样了

你就拥有同样的自尊，或同样的自疚

将军他矮。胖。黑。圆圆滚滚的

像个随时能弹跳起来的皮球

他双手撑在墙壁上

把身体交给我，就像把他美丽的女儿交给我

让我从背后搓，从身旁搓

然后又面对着我，让我搓他的脖子

他辽阔而肥厚的胸膛

这时我就看见了他身上那个肉坑

比我们的拇指还大，又像

地漏那样凹下去（实话说有些丑陋）

"是个弹坑！"将军，或者我的前岳父

看出我的羞涩和惊愕

骄傲地对我说：害怕吗小子？

那可是狗日的日本鬼子干的

他说那年他才十八岁，在战场上像只无头

苍蝇，只顾抱着枪疯跑

突然听见轰的一声，又噗的一声

那块弹片便折断他一根

肋骨，像一粒豆钻进他的肺叶

他说，当时没有一个人想到他能活下来

就像没有一个人能想到战争带来

毁灭，但也能创造奇迹

你说那时哪有医生

哪有什么麻药啊！就只能扔在草席上

等待他流尽最后一滴血

然后在乱葬岗上随便挖个坑，把他埋了

说到这里，我的前岳父哈哈大笑

好像他幸存下来

是在战争中捡了个大便宜

就像他把用这样的一副身体制造的女儿

嫁给我，让我也捡了个大便宜

但我怎么笑得出来？

我知道他从此把那块弹片吞在肺里

养在肺里，与它终生

相伴，如同他长出了另一叶肺

我的前岳父，这个将军级老兵

是在他八十岁那年无疾

而终的（真遗憾，没有人通知我去参加葬礼）

但凭着从他骨灰里扒出的那块

弹片，那块在他肺里养了

六十年的生铁

我要对着他的亡灵说：恩怨几何

但我是爱你的，且深深的爱

（原载《江南诗》2017 年第 5 期）

王 村

刘 年

过些年，我会回到王村的后山

种一厢辣椒，一厢浆果，一厢韭菜

喜欢土地的诚实，锄头的简单，四季的守信

累了，就去石崖上坐一坐

那里可以看到深青的酉水

我会迎风流泪

有时候，是因为吃了生椒

有时候，是因为看久了落日

有一次，是因为看到你，提着拉杆箱

下了船，在码头上问路

（原载《诗潮》2017 年第 5 期）

中年货车

卢卫平

我知道，还可以装一些不肯熄灭的酒
一些喜鹊吵不醒的梦，一些大海的豪言
一些闪电的愤怒和冰雪的泪水

但我不再装了。我要留下一些空间
让风吹过时有短暂的停留，为写着诗句的纸片
为一朵不愿意凋谢的墨菊

我知道，还可以用力踩没有生锈的油门
在不知终点的高速公路上狂奔
从群星闪烁的子夜到细雨蒙蒙的黎明

但我为了省下一些心跳
给开花的铁树，夕阳里散步的蜗牛
生锈的水龙头和记忆中所有越来越慢的事物

我走在来时的路上，遇见的人都似曾相识
当年栽下的白桦树，为远走他乡的落叶

回到枝头，一个冬天没合上眼睛

起点就要成为终点。我不再担忧
刹车会在玫瑰绽放的瞬间失灵
不再担忧悬崖上有拐不过的急弯

在这条路上，谁也无法掉头
我应该还有足够的时间卸下青草的悲悯，
豹子的名声
泥土的情感和像石头一样被反复命名的自己

大地上应该还有足够的山水
让我选择我成为废铁后
最后安顿的地方

（原载《诗潮》2017 年第 10 期）

花　园

鲁　橹

她刚从医院出来，

打量世界的样子突然像极了小女孩。

我牵她去花园。

坐一下，天就黑了，

星星也不出来照明。

——是我反应慢了吗？

——不，是夜来得快。

是时间，从不怜悯忧伤的事物。

（原载《诗刊》下半月刊2017年第6期）

旧　事

潞　潞

他不知道父亲为什么放开他

刚才他们还说着话

父亲突然走向路那一边

他和一个人搂抱在一起

手在那个人背上拍着

他隔着马路远远看着

听不见他们大声说些什么

两人互相递着香烟

然后那里升起一团烟雾

他们身后有株巨大的槐树

开满了白花，香气浓郁

他开始踢地上的石子

让过路的人都知道

这是一个讨厌的小男孩

此时父亲忘记了他

过了很久也许只是一会

父亲重新拉起他的手

还在他头上撸了一把

可是小男孩一声不吭

他们就这么走着

他能感觉到父亲脸上的笑

后来他一直没机会问父亲那是谁

他知道父亲这一生并不快乐

甚至深埋着无人知晓的痛苦

但那一次父亲是真的高兴

（原载《江南诗》2017 年第 4 期）

雨夜漫笔

路　迪

闲来　倚窗雨一晚

昼伏夜出的思绪　像惊觉的鸟　游弋的鲤　送信的马儿　百里加急
风遁　声匿　墨溅　笔起　便是羁旅他乡的字句

在国风中采苹　在小雅里摘星
一部诗经　一段漫游的心境　都瘦成花影

远古仓颉造字　今夜秉烛读史
飞逝的更漏　散落的棋子　谁又能料想千年的故事

浔阳江头宋公明　浔阳江头白居易
大浪淘洗　功名来了又去　剩下我与时光对弈

李白有月　王维有禅　诗中有我　我有长安
长安城里　有着一位绣鞋听雨的女子　整夜未眠

（原载《草堂》2017 年 8 月总第 12 卷）

寄　赠

罗　铖

再近一些，就能嗅出你幽蓝的气味
再暖一些，体内就涌出清冽的泉水
四月，起风的夜晚，不适合平衡术
如果再早些年，我还是那个痴情郎
一定亲你的眉间纹，像风迎着露水

月亮的光色里，山涧的野桃花正盛
我不分辨星星的倾斜，这满目烟云
我也不猜测远近，不轻易说出悲喜
寺庙里的钟磬声，是寂静中的隐语
我的犹疑，在山下，是淋漓的暴雨

（原载《天天诗历》微信公众号）

小凉山

罗国雄

天空疲惫了，可以躺在云上

听大地的诵经声

河流疲惫了，可以靠住大山

掸掉心上的风尘

十万大山疲惫了，天下的草就黄了

芦苇们轻扬的白发，像一个个

飘忽而不肯逝去的梦

我疲惫的时候，小凉山暮色凝重的眼睛

将收回全部的日月星辰，溶成滴滴热泪

让我可以抱着她们，熟睡到天明

（原载《中国诗歌》2017 年第 12 卷）

这是大海最安静的时候

罗兴坤

这是大海最安静的时候

海鸥归宿，白帆滑下，海浪的喧嚣消失于沙滩

我们搁浅在生活的岸上，大海吐出的白壳

空洞，没有内容

你伸过来弯臂，正好放下我的风浪、疲惫

一切骚动、呼号、汹涌，消失在暮色里

一颗心安静下来

我们不再担心大海的风暴，暗流

也忘记了生命的变故、不测和伤害

命运强加给我们的，我们早已习惯了接受

生命里的伤口，我们早已学会了用细沙和月光去安抚

哦，这是灵魂最安静的时候

一只睡觉的猫，暮色里泛着恬静的绒毛

有着我们平静的喘息声

（原载《草堂》2017 年 9 月总第 13 卷）

边界望乡

洛　夫

说着说着

我们就到了落马洲

雾正升起，我们在茫然中勒马四顾

手掌开始生汗

望远镜中扩大数十倍的乡愁

乱如风中的散发

当距离调整到令人心跳的程度

一座远山迎面飞来

把我撞成了

严重的内伤

病了病了

病得像山坡上那丛凋残的杜鹃

只剩下唯一的一朵

蹲在那块"禁止越界"的告示牌后面

咯血。而这时

一只白鹭从水田中惊起

飞越深圳

2017 中国诗歌精选

又猛然折了回来

而这时，鹧鸪以火音
那冒烟的啼声
一句句
穿透异地三月的春寒
我被烧得双目尽赤，血脉偾张
你却竖起外衣的领子，回头问我
冷，还是
不冷？

你惊蛰之后是春分
清明时节也不远了
我居然也听懂了广东的乡音
当雨水把莽莽大地
译成青色的语言
喏！你说，福田村再过去就是水围
故国的泥土，伸手可及
但我抓回来的仍是一掌冷雾

（原载《草堂》2017 年 10 月总第 14 卷）

黑天鹅

马骥文

But now they drift on the still water, mysterious, beautiful.

——By W. B. Yeats, *The Wild Swans at Coole*

我的洁净使我变得枯萎

在雨晴的早上，我仿佛赴死般离开了他们

路边的花草繁茂得近于羞耻，它们使我

更胆小，几乎这肥硕的叶片也在诱阻着我

似乎永远都是无处可去的

我只记得无数个逃遁的我在生的路上被淹没

而此时，充沛的日光在湖面上摇荡、碎裂

形成光洁与闪烁的愉悦，在那些轻柔的水面上

两只黑天鹅从湖心向我徐徐游来

那一刻，我腹中的火焰终于熄灭，无数莲荷

顶开重重的淤泥在一个新的世界开出雪白的花朵

我静候那些超越的事物来临

它们穿过杂乱的水草，缓缓地靠近我

乌黑的长颈以完美的弧线伸向天空

它们是完美本身，我无法拒绝这高贵的启示

那也许是从天而降，带着造物主的眷顾

虽然这最终指向的只是一具无法拯救的肉身

但它们毕竟游向了我，连同它们的神秘和美丽

我像是一个濒死的人终于在最后时刻得到了爱

它们寂静无声，但这深邃的引力已包含了一切

在一个绝望的年代，我所遇见的也正在遇见我

它们将两只鲜红的喙向我伸来，如同

试探着一道深渊，那曾经拥有的光荣与明亮

现在都在我的面前重现，我的所有的失败

与疲惫，此刻都如水中的暗影一般支撑着我

而它们那优美的身姿，将成为新的梦境

在那里，无数个我将身披漆黑的光束

在长满水仙与荆棘的河流边缘，渴望复生

（原载《中国诗歌》2017 年第一卷）

鸟鸣赋

马　嘶

刚满百天的行之，对这个清晨还不能

说出一句完整的声音

鸟儿在看不见的地方并不

沮丧。树荫下，他在短暂的兴奋后

又酣酣睡去，阳光俯身下来

凝视怀中的他

仿佛凝视着，刚刚脱胎的我

林中处处都有新的美

有新的事物，加入新的一天

而我，还是从众多的鸟鸣中分辨出了

此刻陪他入睡的那一只

给他披秋衫的那一只，也是昨夜

唤醒我的那一只。我模仿

它的鸣叫，替儿子回应了一声

（原载《诗刊》上半月刊2017年第12期）

晚　年

芒　克

墙壁已爬满皱纹

墙壁就如同一面镜子

一个老人从中看到一位老人

屋子里静悄悄的。没有钟

听不到嘀嗒声。屋子里

静悄悄的。但是那位老人

他却似乎一直在倾听什么

也许，人活到了这般年岁

就能够听到——时间

——他就像是个屠夫

在暗地里不停地磨刀子的声音

他似乎一直在倾听着什么

他在听着什么

他到底听到了什么

（原载《草堂》2017 年 3 月总第 7 卷）

多几轮

弥赛亚

苦瓜静静地躺在盘子里

熟透了

啤酒的泡沫溢出来，像一个胖子

踏进了浴缸

一批人来了又走，他们醉红了脸

都是湿漉漉的

我一次又一次参加这样的宴会

这世俗的合唱团

我曾坐在椅子上晾干双手

以假乱真

我所经历过的事，向来都是

从少过渡到多

已经排好队的余生

还要来几轮

（原载《草堂》2017 年 8 月总第 12 卷）

避难所

那片云有雨

我看见了你扎牢的篱笆

困于体内的闪电，枕旁的一段幽怨

甚至看见了，月上柳梢时

一个梦的孤单

其实，我还看见了一个人的晚饭和空房子

空房子不空，暖心的小米粥

像你白天写稠的分行

分行里有乾坤，乾坤里分明一个乌有国

国很小，小到只可抒情

小到一抬眼，就是一川春水，而舟上的美人

相思压身，两岸青山略显暗淡

（原载《中国诗歌》2017 年第 4 卷）

装修队长

宁延达

装修一栋房子　像装修一座寺庙

在某个房间中　我将抄下经典

那里面有静静的尼罗河绕过巨大的菩提树

有时候　厨房就是火焰山

书房就是五行山

有时候　我从城市中四处安放我的小爱

让它们变为渡河的浮筏

而我时常平躺在床上　如同躺在此岸的沙滩

跳入河水的人　你们巨大的勇气令人叹服

我只有在路过的每座寺庙为你们祈祷

我的手刷过粗糙的墙壁

打磨过顽固的石头

切割过死亡的木头

我最喜欢的莫过于描画菩萨的眉眼

佛陀的金身

仿佛我身上残留的一切罪恶

都会被慈悲的岁月原谅

（原载《草堂》2017 年 10 月总第 14 卷）

风雨中

牛庆国

一片黑云从山头上翻了过来

田里劳作的人们　逃向家门

但有一个女人　那么柔弱

却非要把一捆柴草背回家

刚刚被闪电照亮的背影

接着就被风雨模糊

仿佛听见柴草让她先走

可她没有

山路泥泞　柴草越来越重

一次次被风雨推倒在地

她一次次又背了起来

仿佛把那片黑云也背在了背上

当她靠着地埂喘气的时候

低头看见湿衣服紧裹着的身体

忽然有些羞涩

那时　她的男人已跑回了家

她的毛驴和两只山羊也跑回了家

只有她和一捆柴草　还在路上

没有人知道　她曾感动过一场风雨

（原载《诗刊》上半月刊2017年第2期）

乡　音

潘新安

风吹着苦楝树是一种乡音

没有风的时候

苦楝树的寂静也是一种乡音

像露珠儿，在芋艿叶上滚动时最美

你的乳名

用乡音叫着才最好听

上大学了还戴着牙箍的我的女儿

会说英语

会一口标准的普通话

却不会说一句自己家乡的方言

多么难于想象

当语言，被统一成同一种语法和腔调

甚至在父女之间

今天我们不说话

今天我们就听听：

风吹着苦楝树是一种乡音

没有风的时候

苦楝树的寂静也是一种乡音

（原载《江南诗》2017 年第 3 期）

顶梁柱

羌人六

父亲，那年秋天
你落叶归根
风像一场捂不住的疼痛，疼痛
异常凶猛，差点吹翻瓦脊
你丢下一串钥匙和迟来的赞美
一声不吭地离开了。
父亲，你的死亡是水
而我，是被扔进水中的生石灰
会发光，发热，还会尖叫
水是我的眼泪。
日子，受惊的野马，
我在它的摇篮里沉浮
它替我撕开最后的道路
一轮惨白的月亮，被当作遗像
挂在黑山峦之上。
人死不能复生，父亲，
如今，我成了过去的你
家里的顶梁柱，起早贪黑，努力工作
养家糊口，操心柴米油盐，忙得七窍生烟

也像过去的你，

在空气脸上吞云吐雾

光芒万丈地举杯畅饮

借此驱散烦恼，或纯粹出于欢愉

父亲，你并没有销声匿迹

我的血液，相貌，记忆，

某个不经意的动作……

你隐藏在它们中间，

天空一样若即若离

转眼，吹出乌云一片

让我在有生之年，不敢轻易出门

或离家太远

（原载《草堂》2017 年 11 月总第 15 卷）

两个烟头并排站立

秦巴子

我一直无法做到

把半截烟

按在盘子里的食物上

敢这样做的都是狠角色

电影里经常见到

通常是在做了

一个断然的决定之时

有一种手起刀落的决绝

然后起身

头也不回地离去

那天我在餐馆里

看到了这样一幕

那个留在桌边的女人

望着他的背影

眼泪无声地滚落下来

端起桌上的酒杯

一饮而尽

失神呆坐片刻

点燃一支香烟

猛吸几口

呛了一下

缓缓地呼出烟气

以同样的狠

将烟头按在了

前一个烟头旁边

我已知天命

戒烟两年

很难体会她这个动作

所包含的复杂意味

（原载《草堂》2017 年 9 月总第 13 卷）

秋风抓紧老骨头

晴朗李寒

秋风抓紧老骨头，
逼迫交出内部的火。

秋雨向皮肉里楔钉子，
熄灭暗处唯一的灯盏。

大地敞开缝隙，海浪亮出利齿，
它们急于删除一些姓名。

泥石中有人喊，废墟下有鬼哭，
撒旦又递上来一杯牛奶。

我们流着泪水和口水，
啃噬着自己的孩子。

我们热爱气球、气泡、焰火，
陶醉于刀尖上的蜜。

像磨道里的驴，蒙蔽了双眼，

我们学会了兜圈子。

他们指出的路是正确的，
只要我们自己不必思考。

到处是隐形的触手，眼睛和耳朵。
无所不在的毒。

我们靠毒药活命，靠谎言立身，
我们为一句真话脸红。

我们压低声音，用眼色行事。
我们白日做梦，睁眼说瞎话。

"我们都是木头人，不准说话
不准笑，还有一个不准动。"

笼子里度过了一生，我们到死
还以为是在天堂。

（原载《草堂》2017 年 12 月总第 16 卷）

薄　暮

髻　子

薄暮，把一颗西瓜切开，可以品尝到

落日的味道

薄暮，把一口钟切开，时间的两只耳朵

收回了飘远的钟声

薄暮，把一只麻雀切开，飞翔变小

一半跟着另一半叫，一半带着另一半逃亡

薄暮，把一粒柿子切开

它象征的大红灯笼，随之一分为二

左面是男人的赤壁，右面是女人的赤壁

薄暮，把孤独切开

你走了，我打着伞，独撑两个人的夜空

薄暮，是一层窗户纸，一指捅破

我睁一只眼闭一只眼看——

小镇，半明半暗

我的双目，两败俱伤

（原载《中国诗歌》2017 年第 5 卷）

流水线上的青春

冉乔峰

青春在拉线上依次排列

我不想每一次

都是我去扭动流水线的开关

那会扭动分割的疼痛

我不想成为监斩青春的罪人

他们，也不想老去

重复的、迅速的、催促的、忙碌的

极不情愿地在自己身上扯下一层层青春的皮

交给流动的绿、流动的拉线

把工衣收紧一点，再紧一点

包裹身材、脸蛋、皮肤和年轻

以此来抵御衰老的劫持

如果有一天我们老了

青春也不在了，我们只有故乡可归

我们只有带回眼泪和皱纹

故乡不会嫌弃我们头顶的白

不会嫌弃我们曾经失身给过城市

他终究会原谅我们

就像最好的爱人

值得托付一生

（原载《草堂》2017 年 6 月总第 10 卷）

医院里的清洁工

人 邻

我听见她用墩布拖地，
厌恶地推开一只只痰盂，
那刺啦刺啦的
水泥地上的摩擦声，真难听。

她的眼神，是冷漠的。
我看见她偶尔
在盥洗室的镜子里，照了一下，
也是冷漠的样子，
甚至是连她自己也有些厌恶自己。

这让我感到，这才是她真正的生活，
只是被我艰难地看到。

（原载《草堂》2017 年 5 月总第 9 卷）

狭隘之爱

荣　荣

多么狭隘之爱　狭隘是针尖穿心

她的伤口毫无美感

仿佛较劲于一块蛋糕

她打碎　理出其中的糖与水分

带走自我允许的那部分

这样的爱更像冒险

她爱得千山万水　每一次跋涉充满凶险

她也爱得四面楚歌——

那些围绕他的阳光　雨露

那些他喜爱的器物　相识的女人

甚至不允许自己心有旁骛

当她偶尔专注别的事物

那时的她　也是她爱的敌人

（原载《诗潮》2017年第3期）

"恓惶又独归"

桑　眉

从没去过的西街

或许有远方或天涯的诱惑

我们像流浪汉一样

在挂着马灯的门口歇了歇脚

分了支香烟

你忧伤吗？姑娘

你从奔腾江水中打捞歌谣

你忧伤吗？少年

你用江水酿酒，用酒穿肠

你们把藏在吉他中的马蹄引出来

来敲打似是而非的衷肠

啊！一个小时辰之前如同沸鼎的南桥

只剩下路灯照耀江水了

江水抱柱而过

有游龙入海的磅礴

我们立在潮头

代替人类恓惶

我们这三个浪荡子

摇晃着啤酒瓶

摇晃着浮世的贪、嗔、痴……

被千年的月光贬成影子

被自己踩踏

像一枚石子，被一脚踢进漆黑河床

——去吧！这空荡荡

（原载《中国诗歌》2017 年第 1 卷）

痛苦是独立的

商　震

两个痛苦的人

相约喝酒

碰杯时

耳朵里只有

自己酒杯的声音

他们喝各自的哀叹

看各自的星星

骂各自的人

他们话不投机

酒照喝

喝醉后分头倒下

两只空酒杯

绝不互相安慰

（原载《人民文学》2017 年第 10 期）

北　京

尚仲敏

我有一个兄弟

十年前

怀揣 200 元钱

去北京闯荡

十年过去了

他所有的资产

清了一下

还有 100 多元

我不禁

怀着钦佩的眼光

向他默默地看了一眼

在北京这样的地方

整整十年

他只花了几十元钱

实在是了不起

（原载《草堂》2017 年 8 月总第 12 卷）

如果时间有光芒

沈浩波

那里曾经有一架梯子
就在那里，在一片
奇特的光芒中

父亲背着你
一节节向上攀登
梯子的尽头
是另一个世界

那是一架看不见的梯子
父亲将你
轻轻放在梯子的尽头
他和梯子一起消失

那是一架灰色的梯子
如果时间有光芒
我们就会看见它

（原载《诗潮》2017 年第 4 期）

中　年

沈　苇

此刻在一起，在山坡上
看一座几近遗忘的城
看似曾相识燕归来
这就是全部了

分别后，两手空寂
回到各自命运的旧怀抱

这个"颓荡"年岁
身体开始四处漏风了
磨损的外套挂在衣架上
渐渐有了人的模样
从小至今扔掉了多少双鞋
已难于计数
世上的路也难于计数
留给自己的只有浅淡一条：
暮色四合中的荒芜路

甚至连绝望也不吸引人了

新闻转瞬皆成旧闻

只需学会在长吁短叹中

获一种凝神静气的力量

时光送走一些季节

一些流云，一些星光

而从水中月到天上月的距离

你还来不及丈量

（原载《草堂》2017 年 3 月总第 7 卷）

和一只花喜鹊为邻

十五岚

它是鸟类，我是人类

敞开的地方有一扇窗

我们共享着阳光、空气和风……

有时候，我甚至喜欢上它的一切

比如在枝头歌唱

张开翅膀飞来飞去

对不满意的天气，可以大声抗议

不像我，整日陷入一座空房子

做一些枯燥的家务，写一些无关痛痒的文字

它有我不及的轻，没有房贷和生活的成本

也有我不及的重，经受沙尘，餐风露宿

和一只花喜鹊为邻，它仅仅像一根枝条上结出的果子

有时候，我把它当成我的悲伤

看见摇摇欲坠的尘世，握也握不住

（原载《中国诗歌》2017 年第 1 卷）

应有的样子

黍不语

有一会儿我走在湖边

隔着湖水我看见

水里的石头

隔着人群我看见

万家灯火。

一切都是应有的样子。

湖面甚至没有

风

软软地吹来。

浩大的寂静中她像

一个一无所知的少女

那么不动声色，那么不偏不倚。

深藏着这世间

全部的爱。

（原载《草堂》2017 年 3 月总第 7 卷）

爸爸，我们回家吧

霜扣儿

爸爸，这条路太长了
我之前不知道到达你需要这么远
爸爸，这时间太慢了
我之前不知道看到你需要这么久

我从心里挣出来，从血里挣出来
从一寸肝肠里挣出来
我抱住你的时候，也抱住了最绝望的绝望
爸爸我已经抱住你了
才知道，你已经远在天边

我爬到你的膝盖上，爬到你的手指上
爸爸，你的膝盖是冷的，你的手指又黄又白
爸爸，我抚摸它们，握紧它们
爸爸，我的呼喊从地裂里冲上来
爸爸，我的泪水从天空倒出来
爸爸我摇晃你，摇晃人间的一切
我说爸爸，你快起来，我们回家
我说爸爸啊，你快起来吧，我们回家吧

爸爸你没有起来

我做的这些，已不在你的生前

爸爸，这天色是黄昏时候了

我又拉着楼梯往上爬去

我到你的房间，找你的椅子

你的电脑你的手机你睡觉的那个位置

我抱着你的被子，把脸藏起来

越藏越深，我的气息注满你的气息

爸爸，我被你彻底包围了

爸爸，哪里都是你

爸爸，哪里都是你的时候

我才知道这是怎样可怕的别离

无法睡去。我按着倒叙的方式

把以上这些又做了一遍

——夯实，——凝固

爸爸，第二夜我仍是如此

我被夯实在你的凝固里

又一片一片被撕碎了

一片一片的，我凝固成破碎
你无声无息
哪里都是你了
可是爸爸，你到底去了哪里啊

（原载《草堂》2017 年 11 月总第 15 卷）

一个人坐在阳台上

宋　尾

要是我静止不动

我可以成为一种家具

不着急阅读

不用在故事里摸索

闪烁的影子

不会遇到让我感伤的诗句

也可以不怀念

我成了时间里的内容

不用为任何事等候

就这样坐着挺好，乐于承认

无所事事仅只是创造力的消逝

不创造也挺好，那些草叶

漫山遍野，视野之外

许多事物不被关注

我想，每个人都有过

这样的时刻

巨大的乐声围着你翻涌，耳廓之外

一切不为人知

我坐在这里，我成为一台冰箱

你拉开时，我的黑暗

被偶尔的灯光照亮

（原载《诗刊》下半月刊 2017 年第 4 期）

又一次进山

宋晓杰

与上一次来，没有什么两样
只是院门两侧的白蔷薇不见了
笼子里的小白兔，不见了
叫个不停的那只山羊，不见了

休假的人又换了一批
他们微笑着说再见、再见
像熟悉的朋友又"走"了几个
我们被甜蜜欢乐和撕心裂肺，不断淬火
几乎要被炼成一块好钢了
只是眼泪越来越少
越来越害怕声音——
默片和空风景，如走马灯
在余生里，反复穿过

（原载《草堂》2017 年 2 月总第 6 卷）

干什么

宋志刚

祖国偌大的地方我都没去过，去美利坚干什么

汉语的百分之五十我都不理解

去精通英语干什么

一座坟的结构都没弄清楚，去住高楼干什么

一头羊的热泪都没看见

匆忙去拿砍刀干什么

老母亲的眼神都不懂，双脚往家赶干什么

黄昏西下，老拿火葬场的烟囱和远处的炊烟比干什么

打雷下雨，一只蚂蚁背着另外一只蚂蚁的尸体

你不懂，却惊慌干什么

急促的心跳都听不清楚，你幸福干什么

一首诗都写不好，仍然去大声喊悲伤

而自己内心没流过血，却叫疼痛干什么

一辈子白茫茫，还非要最后找一块白布干什么

好兄弟啊，好兄弟

至今，一分钟都还没活好，去死干什么

（原载《草堂》2017 年 3 月总第 7 卷）

药　片

孙海涛

比头痛病更让她头痛的是药片
药片分包摆开在桌面

药片有红色、白色、绿色三种
"四小时一包，温水服用……"
临别时医生有交代
四小时后她已熟睡
月光从窗外斜射进来
恬静的小脸蛋让我不忍将她叫醒

我给予她生命，给予她不完整的家和疾病
那些年她找我要妈妈
找我要不苦的药片
有时在电话里，有时偎在她祖母怀里
那时我在工厂，一年难得见她一次
我能够给她的只有电话和思念

我看着她。看着她慢腾腾将药片放到手心
又放下。她不时会望我一眼

我什么都不想说

这是她的药片，她知道

而未来的生活，远苦过这些药片，她却不知道

（原载《草堂》2017 年 3 月总第 7 卷）

夜是一匹幽蓝的马

谈雅丽

姨妈老得厉害，妈妈看见她七十多岁的姐姐
说话含糊，步履蹒跚，头发银白
并不像前些年，她俩在院子里斗气
说狠话，她一甩手从此一去不回

后来十年，她们没有一个电话，没有见面
湛江、常德，距离使她们决定相互忘记
当姨妈从火车上下来，看见她妹妹就哭了
随身的箱子里装着姨父的骨灰

也许是她携带的死亡使亲人获得了和解
她俩在夜色中手拉手地哭泣
不再为过去斤斤计较

站台边一座低矮平房，房边种着青翠的蔬菜
清冷的光线流了一地
使那天的我恍惚觉得，夜是一匹幽蓝的马

（原载《诗刊》上半月刊2017年第8期）

钉子钉在钉孔中是孤独的

汤养宗

一想到天下的钉子这刻正钉在各自的

钉孔中，就悲从中来，喘不过气

一想到它们，正被自己的命夹住

在一头黑到底中，永不见天日，在无法脱身

便立即抬腿，拔地而起，奔向天涯路

如你我的陷阱，这器

偏爱囹圄，甘于尾声

给自己挖井，去找要打进去的部位，去活埋

去黑暗内部，接受时光指定的刑期

一进去就黑到底

（原载《诗刊》上半月刊 2017 年第 3 期）

写作课

陶　春

1

从一个
词的黑洞，驶出

惊恐的手
喘息，挣扎着
在一页白纸
瞬间解体
飞鸟叫声的旋涡表面
重新竖起
清晰
创世色彩波浪航向的桅杆

2

正午的斜坡之上
超负荷运载
笨重光线

——太阳的卡车

从天空卸下

一幢幢

飘移轮船般

高耸万物

灵魂实在体积的阴影

（原载《草堂》2107 年 2 月总第 6 卷）

我回来了

凸 凹

要知道

我的直直离去

只是为了绕个弯，回流

打成漩

把自己钉在原处

再不被带走

要知道

没有河流的地方

不是没有河流

是漩涡将河流穿骨

竖起来

插在大地上

（原载《诗潮》2017 年第 7 期）

钉

涂 拥

在雷电中淬火

锻打于山崩地裂，这样的钉子

我肯定见过，至少它们装订过史书

被目光熔炼，唾沫飞溅

这样一种肉中刺，我也碰过

隐形的伤害不知何处疼痛

我甚至还看到过一些人

自称顶天立地，钉在人世

还真的就变成了一根铁棍

各种钉子，带着不同的锋利

与人影随行

最后一颗是高烟囱

用一块石头钉住坟墓

（原载《草堂》2017 年 4 月总第 8 卷）

我并不急于投奔大海

瓦　刀

作为河流，我并不急于投奔大海

我自断流水，我弯弯绕绕

避开大地的陡峭；避开

一地光阴为我量身订制的陷阱

不投奔大海，我通透的心

就不会变蓝，变咸

风轻舞，云飞扬，这些美好的事物

从容跨过我的散淡之身

当它们一齐回头，指着我的脊梁：

看，一潭死水

我总是以荡漾表示感激

双手接过这微微颤抖的命名

（原载《草堂》2017 年 12 月总第 16 卷）

抱着马路边的小树哭泣的人

王夫刚

抱着马路边的小树哭泣的人是个男子。

马路对面观望的也是个男子。

女主角已经走远，背景的表情

已经由愤怒变得模糊。

公交汽车越来越少，打着空车灯的出租车

一如过江之鲫穿行于灯红酒绿。

抱着马路边的小树哭泣的人是个男子。

他没有喝醉，也不肯

喊住那个渐行渐远的名字——

他的包里装着一封不再需要写完的

信（也许是一颗滴血的心）

他一边哭泣一边打电话

让快递公司到有一棵小树的地方

来取邮件。抱着马路边的小树哭泣的人是个男子。

曾经付出、已经失去的爱值得一哭。

他拒绝爬到小树上面去

（虽然失去了爱，但还不打算自杀）

抱着马路边的小树哭泣的人

是个男子，无人值守的信号灯下

小树因为细弱而有点

无所适从：它还没有长到谈情说爱的

年龄，也不懂得安慰。

抱着马路边的小树哭泣的人是个男子。

马路对面观望的也是个男子。

他久久盘桓只为一个疑问

哭泣的人，哦，你为什么抱着一棵小树？

（原载《诗刊》上半月刊2017年第3期）

一列火车开过来

王可田

一列火车开过来
一排轰隆隆的句子
碾过纸张单薄的身子开过来

一列火车开过来
一个红灼的幻念拖着长长的尾巴
穿过我混沌的大脑开过来

一列火车开过来
裹着浓雾和黑夜，避开探问的视线
无声运行着开过来

一列火车开过来
载着三十年前的亲人和伙伴
喘着粗气，吐着煤烟，急切地开过来

一列火车并没有开过来
废弃的矿井，埋入荒草和沙土的
铁轨的肋骨，已没有疼痛被唤醒

（原载《北方文学》2017 年第 2 期）

月光白得很

王小妮

月亮在深夜照出了一切的骨头。

我呼进了青白的气息。

人间的琐碎皮毛

变成下坠的萤火虫。

城市是一具死去的骨架。

没有哪个生命

配得上这样纯的夜色。

打开窗帘

天地正在眼前交接白银

月光使我忘记我是一个人。

生命的最后一幕

在一片素色里静静地彩排。

月光来到地板上

我的两只脚已经预先白了。

（原载《诗潮》2017 年第 10 期）

第四把钥匙

王　选

她不过是长着橘色羽毛的清洁工

有四把钥匙

一把能打开烟火缠绕的出租屋

和光阴的苦核

一把能打开巷道口的厕所

一把能打开八年之久的永久牌自行车

在每个凌晨　在灯波晃荡的路上

飘游　借梦而行

还有一把

能打开她清扫路段的垃圾箱

她打开它　掏出生活的残渣　破碎

送往填埋场

在春天让被丢弃的秘密

牙齿一般长满山冈

她再没有一把钥匙

能打开自己

她把锁丢在八月的乡村

丢在一个醉鬼的酒杯里

每个清晨　城市在孤独中复活

她在车流中飞过

如一只鸟飞过

拉链一般　把黑暗和黎明的缝隙拉合

（原载《草堂》2017 年 9 月总第 13 卷）

群山合唱

王志国

空旷的山谷

牧歌在风中传唱

是谁的嘴唇唱出了祖先的歌谣

是谁的孤独，刀子一样闪亮

把群山划伤

春风爬上山冈，青草绿得迷茫

每一朵开口的格桑都在吟唱：

群山的怀里奔跑着撵青的牛羊

牛羊的肠胃里住着一座慌乱的天堂

牧歌在唱，山风在响

一座春天的山谷

荒凉的内心无处安放

听——

经幡在风中念唱

雪水在山谷里哗哗地流淌

一首轻轻唱响的牧歌

是谁的忧伤

2017 中国诗歌精选

竟然动用了群山来合唱

（原载《诗刊》下半月刊 2017 年第 9 期）

梦游中的挖坟者

西　娃

他痛苦得如同死去——

父亲被埋葬第五天
被人从坟墓里挖出来
曝尸荒野

他找亲戚帮忙，并发誓要杀了
这个十恶不赦的坏蛋

而父亲已经被第三次
从坟墓里挖出来
他白天埋葬父亲
有人夜晚挖出父亲

当他们抓住
这个十恶不赦的坏蛋

他被人从梦游中喊醒
惊讶地看着自己

孤零零地站在旷野中

——父亲被挖开的坟墓前

他一手拿着沾满黄土的铁铲

身上披着

父亲最喜欢穿的中山装

嘴里叼着

父亲死后才离手的旱烟斗

——活脱脱父亲，生前的模样

（原载《诗潮》2017 年第 10 期）

我的聂家岩：萤火虫之夜

向以鲜

经过仔细观察
我确信，那绿色的
灯火来自腹部
而不是来自翅膀

如果光着脚踩住
向后面轻轻滑动
地上和脚板就会出现
一道幽暗的光斑

如果捕捉得足够多
装进玻璃瓶子
就会成为一盏挂在
聂家岩的夜明珠

我梦见自己吞下
无数朵磷火
我梦见自己的身体
越来越透明

（原载《天涯》2017 年第 4 期）

春末十四行

萧楚天

对于诗我又能说些什么呢
无非把前人虚度过的年华
重新虚度一遍，好像活着
是眼睛，我只是曾经流过的泪

那些死了的是否还在低语
听到是否就能回去，穿越
无人吟唱过任何事物那年
再往前，遗忘广袤而真实

我来不及把这些问题问好
这一生又要迟暮了。在春末
我想念怀着答案出生的人
我不怕死，只怕他来得太早

"当每一条路都通向覆辙
当每一种爱都远于荒草"

（原载《江南诗》2017 年第 2 期）

回家过年

小　米

该回家了，要过年了。

麦子最早，它跟桃和樱桃都是夏天回家的，

稻子和玉米是秋天回家的，

跟它们同行的还有苹果、梨、核桃、枣子，

还有荞和谷子，还有大白萝卜。

它们不买火车票、汽车票，

是或背或驮才回了家的。

回家最晚的要数柿子、橘子，

非得红透了，不得不回家了，才肯

离开高枝、回到地面、走进家门。

跟打工仔一样，它们都是村庄的孩子，

最终都要回到村子里的家，好生暖和一阵子。

也有从不回家过年的，比如白菜兄弟，

年都过完了，仍在地里探头探脑一再坚持着，

仿佛一群没娘的孩子。

（原载《草堂》2017 年 8 月总第 12 卷）

雨

辛　夷

同时进行的雨有两场。一场

落在揭阳的乡下。母亲说到菜园新种的

菜苗被冲出泥土。小溪一夜间涨满水。

有过路人躲雨，讨水喝。有草灰蛇趁人不备钻到

树下。还有闪电，充满撕裂与毁灭的力量

这些都让她感到害怕。她一个人在家

夜里风吹草动都让她感到害怕。她向我讲述

这些的时候。广州也正下着雨，我刚从

一个饭局喝完酒踉踉跄跄走出来。路变得

很恍惚，在我左右飘荡着。为了让它安静下来

我倚靠在防护栏，交出全身重量。雨从上面

下来的速度是那么快。母亲的话却越说越慢

慢到最后竟像夜色，使我无言以对。

（原载《草堂》2017 年 9 月总第 13 卷）

暮色将至

熊　魁

一幢大院，门闩虚上

一旦被你撞开，才见它的幽深

这叫青春

震颤。惊讶。然后

一路驰骋，到辽阔的高台

坐看云起。人到中年

夫妻不过是邻居

有时相对而居

有时相背而卧

有时不言不语

一颗闷葫芦挂在那里

或者落到地上

甚至听不到声音

回望经年，垂垂暮矣

有没有从这辈子到下辈子的路径

已不重要

（原载《草堂》2017 年 12 月总第 16 卷）

我的人生即将进入中年

熊　焱

立秋未至，早霜却已悄悄来临

在鬓边，洒落细细的小雪

未时刚到，日影却已渐渐西斜

风提着刀子，在额头和眼角逡巡

父母年过古稀，孩子尚在幼年

生活的负债、尘世的人情

仿佛明天的台历，必须越过今晚漫长的黑夜

才能揭开那一页数字的秘密

这人生残酷的严冬正在前面

我已经三十七岁，人生即将进入中年

逐渐安于现状，平息宏阔的雄心

诸多事情已力不从心呀——

一段路要歇息几次才能走完

一杯酒要分数回才能饮尽

是每日回家后疲倦的身体告诉了我：

岁月已提前给我送来年龄的信件

我已经三十七岁，人生即将进入中年

江湖太大，我无力走得太远

万象缤纷，我只能守住一隅

很多次我从深夜醒来，经常久久不能入眠

窗外万籁俱静，兵荒马乱的内心

总是挣扎在往事的泥沼里。这种怀旧

是一种忧伤的疼，就像生活留给我伤口

命运还再往其中加盐，并推着我

挤进熙熙攘攘的人间

我已经三十七岁，人生即将进入中年

（原载《作品》2017 年第 12 期）

行吟乌江

熊游坤

走乌江
水会在身体里转九道弯
弯出百里

龚滩古镇，一艘浮动的土家时光
两岸纤夫，用脊梁
拉走一座山峰

白鹤梁　躺着祖先的一张脸
一段文字，娓娓诉说
一座古城的水深水浅

沿江而下，水是直的
船动、风动、水动
十里月光也在动

风急　水急　心也急
一江厮鸣，捞不起
当年留下的那一截骨头

鱼群和水草，秘密细语
江水啊，你不要走得太急
能否流出一些干净的词语

一个码头，托着一缕炊烟
村庄在江面上浪花飞溅
涌起一朵朵乡愁

乌江，九曲回肠
路，远成了山
山，望成了路

（原载《绿风》2017 年第 6 期）

看见：致圆月

徐俊国

我后悔看见了某个场景，
它已参与我的人生。

一只狗拖着被碾碎的后腿，
它爬行的血迹，
正是回家的人要走的路。

更多时候，
我们麻木于我们所见，
麻木于世界的残损
和挽救之难。

头上三尺有圆月，
每逢十五，
苍白地领取一份神灵的垂怜。

（原载《草堂》2017 年 12 月总第 16 卷）

地铁，打手机的女人

许 敏

仅凭衣着和相貌，很难判断

她的年龄，和我乡下的堂姐

相仿，她一上车

就吸引了众人的目光，啾啾

没有空座位，就一屁股

坐在地上，从携带的行李看

应该是初次出远门，沿途的风

都刻在她的脸上，从国贸

开始，她掏出手机，不停地

打电话，声音大得

所有的乘客都回头观望

没人听懂她在

喊些什么，五公里路程

全是乡音，我有点担心

她坐过站了。人，一拨拨地上

又一拨拨地下，呼吸相混

都一脸沉默，一脸迷惘

只有她，兴奋，略显疲惫

一个人，对着电话

旁若无人地倾诉

满口乡音，没有人听懂

她在倾诉些什么

是来打工，寻亲，抑或旅行？

暮色，很快降临这座城市

在钢铁的体内，一个打电话的女人

她的悲欢无人知晓，地铁在驶近

或者远离，和我一样

她手里握紧的是她唯一的故乡

（原载《草堂》2017 年 11 月总第 15 卷）

这一辈子找得最多的就是遥控器

轩辕轼轲

有时在扶手上

有时在沙发夹缝里

有时漏到了

坐垫下面

总是在想换台时

找不到它

这次也是

就拿在手里

我却忘了

看来遗忘也是

一只遥控器

只要攥着它

就可以把记忆

调到失忆

(原载《草堂》2017 年 7 月总第 11 卷)

时　刻

雪　迪

一本书使孤独中的人
感谢孤独。微垂下头
树木漫不经心地成长
黄鼬拖着孤立的影子
流动的水，使
温暖、智慧的句子
印记在散乱地
分布在大地上的知恩
含爱的心中。一本书
使一个温良悲悯的人
认识一个感恩的人
看见常人看不见的光
孩子唱着歌，乐音
振动；忙乱、群居的人们
听不见歌声。幸福
感激的心情，和地平线
在一起；和一棵树，火
安静、无人打扰的夜晚
那时你会遇见善良

智慧的先人。更多的书

带着树林的味道

和尘土的重量

你感动得流泪，看见

自己站在光亮之中

知道你，你的认知

在使另一些人感动

古老、困惑的大地

多一点爱。分散的

思索者，感到鼓舞

他们在孤独、遥远的

角落，领知天意

爱着。我们看见流水

山岩；识别粮食

看见更多的人

朝着相反的方向活着

（原载《草堂》2017 年 7 月总第 11 卷）

这些年

杨　骥

这些年过得平庸而谨慎

像隐士害怕喧闹

喜欢下雨　霜天　黑夜

把早年写下的文字翻出来

锄锈　上漆　把她们一个个打扮成

像即将过年的孩子

一个人回忆　一个人饮酒

一个人擦洗伤口　一个人掩埋苦难

一个人小悲小喜　一个人望着早逝亲朋的背影

垂泪　默哀

一个人悄悄穿越中年

（原载《辽宁诗界》2017 年第 1 期）

舍不得写完的一首诗

杨小滨

舍不得写完的一首诗，终于有了

最后一行。写完

忘了前一句是什么，

为什么会有一点吃惊——

其实，并没有想要写完，

以为倒数第三行还空着，

上一段里，动词悬而未决，

真的吗？那么——

标题能不能先留白？

能不能不写完，让鼻息

持续急促地吹动记忆？

一个反复涌来的声音，

如何才能永不停止？

最后一行的拳头，

打在无边的虚空里，

多想有更多的字闪出火花，

让没完没了的聒噪，

淹没终点的悬崖。

一首诗的悬崖不远，

会拉开更广阔的视野。

写不完的，一定是

下一首诗的风景。

（原载《草堂》2017 年 2 月总第 6 卷）

从军行

叶　舟

能看见天上的天光　真是好事
因为篝火熄灭　乌鸦消失　我能
找见晚上的鞋子　它像一双儿女

能照见正午的日头　还是好事
土谷浑不再　楼兰遁匿　而大地上的
野草　仿佛遥远的娘亲　不离不弃

能望见西山顶上的月亮　也是好事
越过峰燧　城垛　我打来一桶清水
洗完了征衣　又用伤口写下一封家信

（原载《诗刊》上半月刊2017年第3期）

呼　吸

尤克利

有一些均匀的呼吸属于睡眠

有一些急促的呼吸属于田野间的劳作

蜿蜒的盘山道

负薪而行的单纯少年

曾经为过路的风提供过新鲜的口信

说这人间的苦楚

和摆在眼前的祈盼旗鼓相当

有一些急促的呼吸

只属于两个人，忽略掉

夏季的河水涨满河床

大地上生灵无声，季节纷纷倒退

落叶纷飞，很多时候

有一些急促的呼吸，加速着岁月的衰老

不经意间把人带进垂暮之年

而最均匀的呼吸

莫过于躺进大地的怀抱长睡不醒

（原载《草堂》2017 年 11 月总第 15 卷）

很快，远了的人间又近了

于贵锋

时近中午，在静静奔跑的火车上
你的电话来了。虽然我不悲伤
但还是压低了声音。我去的地方
有一个人去世了，那是一种
跟在衰老后面的，自然的死亡。
阳光照着我的左脸，也照在
我的左肩和一条腿上
空调里的风，掠过我短发下的头皮

"有事。去天水。"因和你没关系
我说得不多。我的声音很低。然后
抬起了头。即使在对面，你也看不出
与一车厢的人，我有什么不同

安静地坐着，等目的地到来
拿上自己的挎包快快下车
这件事就在前方，就在不远处

今天你又来了电话，我忽然想起

在那样一刻，我似乎看见有一次
在一个终点站，我最后一个下车
回头看了一眼，一节一节的车厢里
空无，像一个一个人形的灵魂
在互相拥抱，互相进入
在试图成为唯一的一个，在让无，成为无

你的电话来了，一个一个躯体囚禁的灵魂
在终点被释放出来。空无被释放出来。
激荡，安静，空和无
空和无的力量，渐渐充满整个车厢

而跳下踏板的那一刻，车厢瞬间密封
我猛然觉得还有另一个人间
车厢会被运往那儿
而它的父母都还在
都在阳光、空气、泥土里，看着它奔跑
看着它离去又回来，在梦里
不慌不忙地说着话……而他们

也在想念着各自的父母，回到另外的
更遥远的一棵树下，一座院子里……
是的，过了渭南镇，就到家了
经过一片闪光的田野，我去见母亲的母亲
她很快成为一个新鲜的，怀念的土堆

（原载《诗潮》2017 年第 12 期）

避雨的鸟

于　坚

一只鸟在我的阳台上避雨

青鸟　小小地跳着

一朵温柔的火焰

我打开窗子

希望它会飞进我的房间

说不清是什么念头

我撒些饭粒　还模仿着一种叫声

青鸟　看看我　又看看暴雨

雨越下越大　闪电湿淋淋地垂下

青鸟　突然飞去　朝着暴风雨消失

一阵寒战　似乎熄灭的不是那朵火焰

而是我的心灵

（原载《诗潮》2017 年第 8 期）

依病中的经验

余笑忠

所幸你的病不是孤例
你可以称某些人为病友

所幸这友情并非患难之交
因而对真正的患难之交满怀敬意

所幸虚弱只是暂时的
但仍需借助信念

所幸因此站在弱者一边
但将白雪覆盖的青铜雕像排除在外

所幸回想起一首儿歌
不幸的是，教会你这首歌的人已远离尘世

他曾遭受的病痛远比你深重
报以微笑吧，所幸，这胜过一切花言巧语

（原载《草堂》2017 年 7 月总第 11 卷）

game over

余幼幼

正当吃枣子的时候，我不在家
麻雀上刀山，枣树下油锅
我的狗记性退耕还林

每年暑假去农村，打谷子的人
尾巴翘上天，滚烫的汗水
准备把水田煮开，风筒转成
阿尔茨海默症，八十岁姥爷说：
"现在的东西不经整！"

屁股坐弯田埂，坐到天黑
取下月牙继续割草，回家喂婆娘
婆娘乳晕如月晕，手快如剪刀
裤子不脱不准上床，奶不够还有米汤

正当想家的时候，我不在家
橡皮筋绷起的八月，至今还有弹性
小霸王打到最后一关，大 boss
有三个头，公主喜欢玩捆绑

game over，game over

正当想哭的时候，远方送来
甜眼泪，绿心慌

（原载《汉诗》2017 年第 4 卷）

走

余 真

父辈们一生习惯了行走

山路，被他们踏平

黎明、黄昏和黑夜，都已经过

睡眼蒙眬的眸子碾压

他们走过越来越宽广的道路

他们走过越来越瘦弱的农田

走过越来越薄的日子，在镰刀

穿越麦田的风里。被拦腰截断

越来越深的春日，依旧有幼苗顶破土壤

的故事发生，依稀可以看到走过百里

背大红衣裳的新娘，唢呐奏响落日

然后一生插秧，育子，走山坳，踏平

黄土，走浣衣的池塘颤抖的绿，走青黄未接

的荒地，一锄一锄的开垦。一生

要走万里相爱。对我们来说，

距离很近，也很远

（原载《草堂》2017 年 8 月总第 12 卷）

天空是一块巨大的墓地

喻 言

大地太挤了

三尺见方的一块墓地

能否安放下自由的灵魂

还是把逝者安葬到天上去吧

让炊烟把他们送上高高的云端

送到雨水和阳光的故乡

那里辽阔明亮

没有蛇鼠惊扰

没有重金属渗透

没有风裹挟着谎言和欺骗

在那里，可以安眠一万年

留在地上的亲人们，把每一次抬头仰望

都当作一场祭奠

（原载《十月》2017 年第 5 期）

黄河第一湾入门

臧　棣

单独面对它的，最好的时间

公认是夏天；青草之上，

白塔独自优雅一个雪白的虔诚。

雨燕的戏剧里甚至不乏土拨鼠

总要跳出来，拖丹顶鹤的后腿；

但斜坡上，炊烟并不害怕命运。

想朴素到家的话，高原牛蒡

会跳下去，把羊骨汤直接变成温泉。

不能被风景教育的人生

在此微不足道。如果你足够幸运，

这里有世界上最美的日落

和最壮丽的日出，能让最麻木的尘埃

也感到一丝神秘的羞愧。

虽然我选对了时间，翻滚的乌云

却把时机弄砸了。但是很奇怪，

我并不感到遗憾。我错过了

最美的落日，却又深深感到

最美的时间并不总站在死亡一边。

（原载《扬子江》2017 年第 2 期）

让沉寂一点点盖严身体

张　强

欠村庄的债已用粮食还清，欠大地的

也已用汗水结清，和茅草的恩怨

由节气从中调和，对一只羊的伤害

已用几十年的光阴赎罪，表达愧疚和不安

用过的镰已磨亮，挂在东墙上

锄头摆在锄头的位置，犁耙摆在犁耙的位置

粮仓是满的，小麦、玉米、高粱、大豆

蹲在各自的角落里做梦，土地已施好粪肥

已盖上大雪的厚棉被，鸡有十只

羊有一圈，每天傍晚先赶鸡进窝，再关羊圈

墙头上那只黄鼠狼不要惊扰，它是村庄的客人

只莅临烟火茂盛的忠厚人家

交代完这些，我已了无牵挂，现在我可以

安安静静地睡去了，我止住心跳

让大地一点点沉寂下来，让沉寂一点点

盖严我的身体

（原载《草堂》2017 年 6 月总第 10 卷）

阿司匹林

张晚禾

吃水煮鱼是会上瘾的

从一个城市到另一个城市，需要花

多少时间。你在春天的时候，等一辆

开往春天的地铁，有时候你不等地铁

有时候你学会假装成一个乘客

有许多来路不明的人，在这个来路不明的国家里

感觉到孤独，而作为一小部分

把孤独当作精神食粮的人来说，这是一种幸福

当然，不同的人，总有不同的幸福法则

或许，还有别的，更轻盈的方式

让你对自己产生不同的看法

譬如，往北冰洋饮料里，加一块冰

当然，玻璃瓶子里首先要有水

还要有黄色的甜蜜素，如果仅仅只是

一块冰，让你感到了短暂的刺激，这还不够

或许，你可以幻想自己正喝着加冰的汽水

咬着吸管，躺在阳光下，与人谈恋爱。当然，

爱情可不是济世灵药，只是一片阿司匹林

吃的时候，一定要兑水

（原载《福建文学》2017 年第 7 期）

从照片中离去

张新泉

人走了

留在照片中的面影

变成遗像

与之合照的人

灵肉中会漫过

瞬间的寒凉

早晨连打三个喷嚏

估计此刻又有人

形单影只，走在

去黄泉的路上……

我和照片上的自己

商量：哥们，别走得太急哈

我码字慢，你是知道的

这部小说，还剩最后三章

（原载《诗潮》2017 年第 11 期）

时间的爬虫

赵晓梦

总有一些事情让你力不从心
比如蟑螂站在时间的齿轮上
想停却停不下来。钟摆永恒摆动
就像十字架上的耶稣有滴不完的血

"我将不会为我的灵魂找到休息"
哪儿都有激情的烂泥需要沙子搀扶
当风在天空的臂弯里变成灰色
我们不得不在信号接力中艰难阅读

如果以不断延伸的天际线来测量视线
我保证，你看不出这面墙的弧形
就像教堂的内墙早已变成外墙
而神父早已宽恕那些长椅上坐着的无罪人

鎏金的蟑螂行走在鎏金的齿轮上
你有一种沉溺于备受重视的错觉
世界宽广，天空的脚手架箭一样掉落
在剑桥，酒吧始终处在街道的结尾处

历史就是眼前这个无限循环的圆盘

解开一个秘密才发现另一个更加危险

那些给时间留下线索的人不是被误解

就是被诅咒，过去现在未来只存在血液里

当紫禁城庄严的大殿上响起下流小调

欧洲人正对这个无险可冒的世界感到厌烦

自然的谜底向一个好奇多思的心灵敞开

犹如教堂的穹顶落入吊灯规律的摆动

从成都到伦敦，我在晕眩中穿过庞大梦境

注视和谛听时间的人有的是时间

皈依宗教的人首先皈依奇技淫巧的钟表

只要风不停止吹拂灵魂就不会飘落

都市人心不累的活法并非只有出离

只要这蟑螂还在时间的齿轮上无声踱步

就没有人会在语法的错误中被处死

——我们的脸上写着无智者的魔法

在这密封的镜框里，你看到爬虫和自己

坐时间门槛上。我讲述的就是正在发生的

如同你亲眼所见一样准确无误——

迫使你把丢掉一边的事情都捡回来

（原载《人民文学》2017 年第 12 期）

万格山顶的雪

郑贤奎

住在高山上的人都搬走了

剩下一些老人世袭着他们的土地

只有上学，识字，读书才能走出大山

以至于还有几只小羊羔

在山冈处掉队

下雪时它们像那个老爷爷一样在等候

等一场雪逼回远行者的脚步

一只鸟扑哧一声扎进雪地

经过几次颤抖也没能爬起来

（原载《壹读》2017 年第 9 期）

小河秋意图

朱光明

在我十八岁那年的秋天

小河沿岸的那群水鸟、野鸭

在我低头恍惚的瞬间

尽数飞走了。去了我不知道的远方

原野上，落英以一种决绝的态度

缤纷起来，凄美起来

还有两岸植物茂盛的枝叶

也在一夜之间，悄悄枯黄了

悄悄落下了

一天又一天，晨光将天色打开

暮色又收拢光亮

没有人告诉我

它们还会不会回来

在我十八岁的那年秋天

我的初恋不辞而别

像那个秋天里

所有离去的事物

令我伤感不已

在我十八岁的那年秋天

一个多愁的善感的季节

小河安静地流淌

我也没有哭出声

（原载《草堂》2017 年 11 月总第 15 卷）

杀人犯朱建业

朱建业

在百度上输入自己的名字

搜索多年前发表过的一首诗

一篇新闻弹出来：

2001 年　杀人犯朱建业

袭警劫枪焚尸手段凶残被枪毙

顿时不寒而栗

我真的干过这伤天害理的事？

还把情妇拉下水

是发生在梦中

还是另外一个时空

安徽界首的杀人犯朱建业死了

深圳的诗人朱建业还替他活着

怪不得我常感罪孽深重

突然产生了一种悲悯

古今多少个朱建业把余罪托付给我

他们在另外的世界是否已安宁

（原载《诗潮》2017 年第 12 期）

2017 中国 诗歌精选

没有人比村庄更懂得等候和抒情

左拾遗

村庄习惯扳起脚拇指数数过年。一个人心细到

在年初做减法，在岁末做加法，将村庄里的劳力

或后生，在正月撒到城市去种植，在腊月里一一收割回来

偌大的村庄，也像挂在时代列车后面的车厢

除了春运忙于进进出出以外

剩下的日子，只有一些空巢老人和小孩

庄稼地里，一半是杂草，一半是口粮

每年时令大雪到来，雪花酷似村庄的头皮屑

落满了大地的双肩。春节，愈来愈像

举过故乡头顶的鸟巢

等待鸟儿的回归。此刻，没有人比村庄更懂得守候和抒情

（原载《诗林》2017 年第 4 期）